動物記

高橋源一郎

河出書房新社

目次

動物記

動物の謝肉祭

森閑《しんかん》とした森、いや、森だから森閑は当たり前だ。森の静けさのような状態を森閑というぐらいなのだから。とにかく、その森の真ん中あたりの広場に、動物さんたちが現れる。

まずはタヌキさん。それからキツネさん。シカさんにクマさん。なんとオオカミさんまで。当然のことながら、すべて森の動物さんたちである。それから、不思議なことに、動物さんたちが出現すると、その場所が、お月さまの夢幻的な光でスポットのように照らし出される。

その時だ。夢幻的な光で照らし出された森の広場のすぐ横の、なんだかよくわからない（なにしろ、光が当たっていないものだから）樹の枝に止まったフクロウさん（ミミズクさんというのかも。いま手元に動物図鑑がないから、わかりません）が、不気味に鳴くではありませんか。

「ホウホウ。おや、こんな夜中に、森の動物さんたち、というか、森の哺乳類さんたちが。なんの用なのかなあ。ホウホウ。タヌキさん、キツネさん、シカさん、クマさん。まあ、そこらはいいとしても、なに、オオカミさんまで？　ホウホウホウホウ！　ホウホウ！　ちょっと、その組み合わせって、変じゃない？　わからない、オオカミさんって、タヌキさんとかキツネさんとかシカさんとかを食いたくなっちゃったりするんじゃないのかなあ。わからないなあ。ホウホウ」

フクロウさん（ミミズクさんの可能性あり）の興奮が続くなか、いつの間にか、タヌキさん、キツネさん、シカさん、クマさん、オオカミさんといった面々は、広場の中央あたりでグルグル回り始める。どの動物さんたちも、思いつめたような表情。というか、深刻な表情。いや、それは、作者がそう感じるだけで、動物さんたちに表情なんかあるものか、という考え方も成立するだろう。思いこみ、というか。だから、動物さんたちが、無表情にぐるぐる回っていたと書いても、あながち間違いではない。重要なのは、表情ではなく、回転していることなのだ。とにかく、そういうことですから。

どのくらい回転していただろう。なにしろ、誰も時計を持っていないのだから、判断のしようがない。それと、もう一つ指摘しておきたいことがある。月なのだ。動いてないいんですよ！　どう見ても。いつも、同じ角度で、同じ光量の光線を放射している。しかも、スポットライト状で。そんな月ってあるんでしょうか？　ふざけるな、といいたい。あまりにも不自然だ。しかも、このような、自然の中の自然ともいうべき、森閑とした森の中で、なんて。世界はどうなっているのか。責任者は誰なのか。ホウホウ！　フクロウ（ミミズク？）でもないのに、興奮して叫んでしまった。申し訳ない。おや。全隊、止まったようです。それでは、動物さんたちに注目してみましょう。


「スケさん、じゃなくて、タヌキさん」

「なんですか。ご老公さま、じゃなくて、シカさん」

「スケさん、じゃなくて、タヌキさん。宿はまだなのか？」

「それがでございます。どうも道を間違えたみたいで。ご老公さま、じゃなくて、シカさん」

「だから、拙者《せっしゃ》が、第三京浜を使えばいいといったのに。スケさん、じゃなくて、タヌキさん」

「おいおい、おれのせいにするなよ。カクさん、じゃなくて、キツネさん。むちゃくちゃ、ムカつく。別に、おれは、ナビゲーターを命じられているわけではない。たまたま、先頭を歩いていたから、こうなったわけで。この道が絶対に正しいとかもいってないし。そうやって、おれの責任にしようって魂胆なら、もう先頭なんか歩かないからね。誰がなんといおうと」

「スケさん、じゃなくて、タヌキさん。そんなこといいっこなしですぜ。ここまで、どんな時も、和気藹々《わきあいあい》と、というか、固い団結でどんな困難とも立ち向かってきた、我々じゃないですかい」

「ありがとうよ。風車《かざぐるま》の弥七《やしち》、じゃなくて、クマさん」

「風車の弥七、じゃなくて、クマさん。あんた、いつももっとも適当と思われる時に、適当と思われるセリフをいうわね。どんぴしゃのタイミングよ。憎いわ。素敵。あたし、惚《ほ》れそう」

「そんなこといわれると、照れるじゃねえか。疾風《はやて》のお娟《えん》、じゃなくて、由美かおる、でもなくて、オオカミさん」

「まったく、お前たち、人前というか動物前というか、とにかく、我々の前で、イチャイチャするなよ。ここをどこと心得ておるのか、ご老公の御前でござるぞ。風車の弥七、じゃなくて、クマさん、ならびに、疾風のお娟、じゃなくて、由美かおる、でもなくて、オオカミさん」

「イチャイチャ、なんて、失礼な言い方ね。あんたも、あたしに、惚れたね。ダメよ、先約あり、だから。スケさん、じゃなくて、タヌキさん」

「バッカじゃないの！　なんで、お前に惚れなきゃいけないいんだよ！　なに、考えてんだよ！　お前なんか、おれのタイプじゃないんだよ。おれの好みは、もっと若い娘！　疾風のお娟、じゃなくて、由美かおる、でもなくて、オオカミさん」

「スケさん、じゃなくて、タヌキさん。そうやって、むきになるところが、ますます怪しい。ウフ」

「ところで。ご老公さま、じゃなくて、シカさん」

「なんですか。カクさん、じゃなくて、キツネさん」

「ご老公さま、じゃなくて、シカさんに、一言申し上げたき議がござる」

「カクさん、じゃなくて、キツネさん。なんなりと申してみよ」

「ご老公さま、じゃなくて、シカさん。申し上げても、怒りませんよね？」

「カクさん、じゃなくて、キツネさん。そんなこと、いわれてみなきゃわかりませんよ」

「承知いたした。ご老公さま、じゃなくて、シカさん。それならば、お叱りを覚悟で申し上げます。実は、これって、ずいぶん以前から考え、悩んでいたことでござります」

「カクさん、じゃなくて、キツネさん。ずいぶん以前というと、いつから？」

「ご老公さま、じゃなくて、シカさん。ははっ。番組、じゃなくて、この世直しの旅がスタートした時からでござります」

「ざっと二十年、いや、三十年ぐらい前からかよ！　だったら、もっと早くいってよね。カクさん、じゃなくて、キツネさん」

「ご老公さま、じゃなくて、シカさん。面目次第もございません。いおういおうとは思っていたんですけどね、毎週毎週、悪代官やら悪商人を退治するのに忙しくて。

次週はいおう、次週はいおう、そう思って、気がついた時には、長い年月が経過していたのでございます」

「そうか。気がつかなくて、すまんかったな。カクさん、じゃなくて、キツネさん。じゃあ、いってみて」

「はは。ご老公さま、じゃなくて、シカさん。我々の会話、ちょっとおかしくはないでしょうか？」

「カクさん、じゃなくて、キツネさん。どこが？」

「ご老公さま、じゃなくて、シカさん。会話の際、必ず、相手の名前を呼ぶことでございます。そんなこと、毎回、繰り返していわなくも、相手が誰なのか、わかっているとことではございませぬか」

「ほんとだ！　全然、気がつかなかったよ。カクさん、じゃなくて、キツネさん」

「そればかりでは、ござりませぬ。ご老公さま、じゃなくて、シカさん」

「まだ、あるの？　カクさん、じゃなくて、キツネさん」

「はい。ご老公さま、じゃなくて、シカさん。相手の名前の件ですけど、ただ、無意味な繰り返しをしているだけでなく、しかも、長いんですよ」

「長いって、なにが？　カクさん、じゃなくて、キツネさん」

「はは。ご老公さま、じゃなくて、シカさん。たとえば、いま、拙者が申し上げた『ご老公さま、じゃなくて、シカさん』ですけど、『ご老公さま』か『シカさん』のどっちかでいいんじゃないですか？　なんで、一々、両方いわなきゃいけないのか、拙者、まるで、わからない。というか、誰か理解できる人いるの？　ぜんぶ、単なる習慣でしょ？　だったら、止めちゃえばいいのではないかと」

「なるほど！　カクさん、じゃなくて、キツネさん……って、長いんだよね、確かに。わかった。皆の者、いいですか、これからは、相手になにかしゃべる時、一々名前をいう必要はありません。誰に向かってしゃべってるのかわからない時に限って、名前をいえばよろしい。それから、その名前も、『カクさん、じゃなくて、キツネさん』などという、冗長な言い方ではなく、シンプルに、『カクさん』とか『キツネさん』と呼ぶ、それで、オーケイ？」

「オーケイでございます。ご老公さま、じゃなくて、シカさん……ではなく、ええっと、すいません。質問があるのですが？」

「なに？」

「あなた様を、どちらの名前で呼べばいいのでしょう?」

「ぼくは、どっちでもかまわない」

「そうですか。じゃあ、シカさん。これからは、そう呼ばせていただきます」

「ちょっと、待った」

「なんですか、シカさん」

「やっぱり、『シカさん』はダメ。それ、却下」

「ええ、なんで?」

「ぼくが『シカさん』なら、きみは、なに?『キツネさん』って、いうわけ?」

「論理的にいうと、そうですね」

「それって、変じゃん。変すぎるよ」

「そうですか?」

「そうに決まってるだろ。ぼくは、きみの上司だよ。しかも、ただの上司じゃない。会社の人間関係じゃないんだから。きみは、ぼくのためなら、生命も投げ出す、そういう関係でしょ。『シカさん』と『キツネさん』じゃ、対等っぽいからダメ」

「あっ、そう。じゃあ、『ご老公さま』にします?」

「うん」

「それでは、ご老公さま。いろいろ不躾《ぶしつけ》なことを申し上げましたが、すべては、世のため、人のため、ご老公さまのためでござります故、なにとぞ、ご理解のほどを」

「わかってるって。カクさんのほんとうの気持ちは。そういうわけで、皆の者、これからは、名前に関しては、簡略にします。以上。それでは、出発しようかの」

「ご老公さま」

「スケさん、なに？　きみが出発しないと、始まらないんだけど」

「一言申し上げたき議が」

「きみもかよ！　手短にな。早く、旅籠《はたご》でも宿屋でもなんでもいいから、そこに入って休みたいんだよね」

「はは。じゃあ、簡単にいいますね。いま気づいたんですが。メンバーが、一人足りないみたいなんです」

「ほんとに？」

「はい。『うっかり八兵衛《はちべえ》、じゃなくて、イタチさん』の姿が見えませせぬ」

「ああ、あれか。あいつさあ、こういっちゃなんだけど、バカでしょ。飯食うばっかりで、ぜんぜん、使えない。ほんと、なんで、あんなのを連れてきたのか、ぼくもわかんない。だから、あいつがいなくても、かまわない。あんなの、ほっといて、出発しよう」

「あいわかりました。それでは、出発！」

出発する動物たち。けれども、タヌキさん、キツネさん、シカさん、クマさん、オオカミさん、という順番に変化はない。

ところで、ここで一言説明しておくと、「ご老公さま」というのは、江戸時代の「前《さき》の副将軍」、水戸《みと》光圀《みつくに》という人のことである。でも、それだけでは、よくわからない、という人もいるだろう。テレビなんか見ないという人も多いからだ。あるいは、テレビは見るけど、地上波は見ない、見るなら、「ディスカヴァリー・チャンネル」か「BBCニュース」だけという人もいるだろうから。なので、「前の副将軍」という人は、アメリカでいうと、どういう人にあたるかを説明します。「前の副将軍水戸光圀と」というのは、「前の副大統領」ということです。だから、「前の大統領」が、クリントンだから、ゴアにあたるわけですね。とはいえ、ゴアは、クリントンに任命されたにすぎないわけで、そこがちょっと違う。水戸光圀は、水戸藩の前オーナーでもあったわけだから難しい。ということは、前副大統領のゴアであると同時に前ニューヨーク市長のジュリアーニ、さらに、不動産王のトランプでもある、といえば、それほど間違った説明にはならないと思う。その、ゴア兼ジュリアーニ兼トランプみたいな人が、CIAのエージェントとスナイパーを引き連れて、全国で覆面捜査をしている、というと、かなり、いまの状況に近いんではないでしょうか。

さて、気がつくと、タヌキさんたち、いや、シカさんがいちばん偉いから、シカさんたち、と表現するのが正しいのかもしれないが、その集団は去っている。月が放射しているスポットライトの光は弱まり、森閑とした森は、すごく暗い。鳥目の人は、怖くて歩けない状態だ。

すると、突然なにかの樹の下に、動物さんが現れる。

いま、「すごく暗い」と書いたのに、なぜ動物だとわかるかというと、また別のところからスポットライトが照射されたからである。前もっていっておくけど、その光源はわかりません。動物さんが動く。でも、動く物のことを動物というんだから、この言い方は、ちょっと煩《わずら》わしい。とにかく、イタチさんである。このイタチさんは、誰でしょう、っていわなくても、すぐわかる。数分前に、「うっかり八兵衛、じゃなくて、イタチさん」という名前が出て、その直後に、イタチさんが現れた。これで、このイタチが、「うっかり八兵衛、じゃなくて、イタチさん」でないとしたら、この話、意味がまったくわからない。

イタチさんは、前に進み出る。それに付随《ふずい》して、どういうものか、荘厳《そうごん》な音楽が鳴りはじめる。物陰に、オーケストラが隠れているのか、それとも、BOSEの音響システムが、樹の中に埋めこまれているのか。

別にどちらであっても、問題なんかありません。とにかく、音楽が流れている。では、どんな音楽なのか。

マウント・バーニー・オーケストラとか、レーモン・ルフェーブル・グランド・オーケストラとか、ポール・モーリアとか、そういう、昔、喫茶「マイアミ」で一晩中流れていたようなイージー・リスニング的な音楽だ。「シバの女王」なんて、何百回、聞いたか、わからない。とにかく、心をとろけさせようと、そればかりを狙って作られ、その割には、心がとろける前に、飽きてしまう、というタイプの音楽、それが流れているのである。
すると、イタチさんが歌い出したではありませんか。

「みんなは、ぼくのことを『うっかり八兵衛』という〜
なにが悲しくて、名前に『うっかり』なんて、つけられてしまったのか〜
それって、完璧、イジメじゃないですか、ひどすぎる〜
そんなイジメを放置している、ご老公さまが、ぼくは憎い〜
あんちきしょうめ〜　聞いてくださいよ、みなさん〜　あいつ、ほんとにひどい野郎なんですよ〜
だいたい、裁判もしない、弁護人もなしで、地位を奪ったり、投獄したりするじゃないですか〜
それって、スターリン治下のソ連と一緒じゃないですか〜
スケさんやカクさんや風車の弥七さんや疾風のお娟さんが、身《み》を粉《こ》にして働いて、

お膳立《ぜんだ》てをすべて作ってから、最後に出てきて、ワンフレーズいうだけですよ～

せめて、印籠《いんろう》ぐらい、自分で持てよ～

よく聞く話でしょ、部下がまとめた商談を、さも自分がまとめたかの如《ごと》くに報告する部長とか～

ぼくはね、だから、スケさんやカクさんにもいったわけ、あの人、別に頭がいいわけでも、特別な能力があったわけでもなく、ただ、水戸の殿様の家に生まれた、というだけでしょ、だったら、もうちょっと謙虚になってもいいと思うのに、部下のあんたたちの手柄を横取りしたりして、ほんと、あんたたち、悔しくないわけ、って～

そしたら、スケさんや、カクさんが、なんていったって、思います～？

『しようがないよ武士は階級社会なんだから』だって～

こんなことがまかり通っていいのかなあ～

ああ～ほんとに、こういうことが続いては、『悪人退治』というモチベーションを持続させるのが難しい～」

歌い終わると、うまい具合に、スポットライトが消える。まるで、最初から決めてあったかのように、音楽が止み、再び、森が暗闇に、おおわれる。

「ホウホウ。ホウホウ。ホウホウ。もう一声、ホウホウ」

説明しよう。フクロウさん（ミミズクの可能性あり）が鳴き始めたのだ。別に、イタチさんのバックのオーケストラの音にかき消されて、いままでも鳴いていたのに、聞こえなかった、というわけではない。イタチさんが歌っている間は、イタチさんを照らしているライトが明るくて、フクロウさんは目を痛めないように、しっかり瞼《まぶた》を閉じていて、鳴く余裕がなかったのだ。おわかりいただけたであろうか。

「ホウホウ。ホウホウ。ホウホウ……。おや、また、音楽が聞こえてくる。さっきまで聞こえていた、軟弱なポップスではない。はっきりいって、わたしは、ポップスが嫌いです。もちろん、Jポップも。平原綾香は、まあ微妙。『惑星』は、趣味がいいとは思えない。原曲のままで、歌詞なんかつけない方がいいに決まっている。好きなのはレッチリ、エミネムも結構好き、といえば、わたしの好みも想像がつくでしょう。ただし、カラオケで歌うのは『サントワ・マミー』に『雪が降る』、それから『昭和枯れススキ』。それにしても、心にダイレクトに響いてくる、ビートの効いたリズムではないか。やや遅れがちなところが、また魅力。ビハインド・ザ・ビートとでも申しましょうか。これは、いったい、どんな楽器を使っているのか。なにかがなにかを叩いていることだけは確かだが、それでは、なにもいったことにはなりません。それに、楽器かと思うと、実はコンピューターの音源だったりして、そんな時は、シラケます。わかった！　動物さんたちが、指を鳴らしながら、同時にタップを踏んでいるのだ。だから、テンポが合わなかったりしているのでしょうね。人間ならまだしも、ほとんどの動物にとって、これがきわめて困難なパフォーマンスであることは、ご理解していただけるものと思います。おや、動物さんたちがやって来る。ホウホウ」

動物さんたちの一団が、順に左から登場してくる。左というからには、なにかに正対して、それを基準にして左ということです。仮に、さっきの、シカさんたち、それから、イタチさんが登場した森の広場を、舞台だとし、それから、フクロウさんがいる樹の連《つら》なりをその舞台の背景と見なすと、その左方向ということです。説明は一度しかしませんよ。いいですか。

先頭は、サルさん、それから、ヤマイヌさん、ヤマネコさん、ヤギさん、最後はウサギさんである。動物さんたちは、指を鳴らし、タップを踏みながら、舞台、じゃなくて、森の広場中央に進んでいく。サルさんはいいとして、他の動物さんたちが、指を鳴らすのはたいへんだ。だって、指を鳴らすためには、立ち上がる必要があるのだが、もともと、他の動物さんたちは、立ち上がるより、四本の脚で歩く方が得意だからです（ウサギさんは微妙）。

さて、無事に広場中央に到着すると、動物さんたちは、全員、正面（樹の反対側）を向く。

と同時に、動物さんたちが歌いはじめる。最初が全員のコーラス、それから、ソロがあって、最後もまた全員のコーラスである。どの動物さんが歌うか、一々、書かないから、適当に想像してください。

「紹介します〜
ぼくたちは森の動物さんたちのグループで『狂走族』といいます〜
こわいですよ〜　下手にぼくたちに近づいて死んでも知りませんよ〜
なにしろ『狂走族』っていうぐらいですからね〜
そういうわけで、よろしくお願いします〜
特技は、まあ、悪いことをするってとこですかね〜
具体的にいうと、歩きながらものを食べる〜　トイレに入った後、手を洗わない〜　喫茶店の灰皿を持ち去る〜　ラブホテル備え付けの歯磨きセットやシャンプーハットを全て持ち去る〜　食べた後、決して歯を磨かない〜　レストランで食事を

していて、ウェイトレスに『お皿をお下げしましょうか』といわれたら『まだ食べます』と答えるとか〜
あとはですねえ、約束の時間から逆算してちょうど着くぐらいに家を出るといつも三十分は遅刻するから、じゃあ次は、三十分前に出発するかというと、やっぱりいつもと同じような時間感覚で家を出るとか〜
そういうことです〜」
「そんなぼくたちですが〜
言葉づかいにはうるさいんです〜
先輩、後輩の間のケジメにもうるさいんです〜
テレビの画面にみのもんたが映ったら、すぐにスイッチを切るぐらいの常識も持ってます〜」
「ところで、ですけど〜　なぜ、こんな時間に、ファミレスではなく、森閑とした森の広場に集まって、暗くダンスなんかしているのかっていうとですね〜」
「これは、ダンスじゃなくて、実は、戦闘訓練なんですよ〜
緊張感がないから、そうは見えないかもしれませんが〜

なにしろ、ぼくたちは、森の動物さんですから、なにをやっても、可愛く見えるだけで、ほんとは、けっこう、緊張してるんです～」

「戦闘というからには、相手がいるわけで、その相手というのは、最近、この近くに出来た動物園、というか、そこのやつらです～」

「それがですよ、ほんと、ムカつくのは、いまは動物園っていわないみたいなんですね、ズーなんちゃらとか、サファリなんちゃらとか、アミューズメントパークっていうの？　とにかく、そういう呼び方をしていて、じゃあどんなところかって行ってみたら、ただの動物園じゃないですか～」

「まあ、動物園だろうが、アミューズメントパークだろうが、そんなこと、どうでもいいんですけど、いちおう、同じ動物さんとして、礼儀というか、そういうものがあってもいいと思うんですよ～　ところが、あそこの動物さんたちは、挨拶にも来ない～」

「道で会っても、『こんにちは』の一言もない～」

「それどころか、すれ違いざま、こっちを見て、『マジ、ヤバいよ、その恰好』～」

「ふざけんな、ですよ～」

「これじゃあ、シメシがつきませんよ～」
「だから、動物園の動物さんたちを一発、シメてやろう～　トゥナイト～」
「動物さんたちは、どうあるべきなのか、教えてやろう～　トゥナイト～」
「森の動物さんたちの、野生の力を、見せつけてやろう～　トゥナイト～」
「でも、心配しないで、乱闘後はちゃんと後片付けをして帰るから～　トゥナイト～」
「トゥナイト～　トゥナイト～　できたら『エンタの神さま』が始まる前には帰りたい～　トゥナイト～」

歌い終わると、森の動物さんたちは、彼らが登場した左方向へ、やはり、指を鳴らし、タップを踏みながら、退場していく。ご苦労さまでした。

さて、森の動物さんたちの列の最後、ウサギさんの姿が見えなくなるのとほぼ同時に、今度は、反対の右方向から、違う種類の動物さんたちが、現れる。その動物さんたちは、森の動物さんたちとは違って、軀《からだ》をくねくねさせながら、進んでいく。順に、パンダさん、シロクマさん、カンガルーさん、ペンギンさん、カバさん、ゾウさん、である。

森の動物さんたちが、『ウェストサイド物語』のジェローム・ロビンズの振り付けだとしたら、こちらは、『オール・ザット・ジャズ』のボブ・フォッシーが振り付けをした、という感じだ。なんというか、とってもセクシー。広場中央に到着したところで、こっちを向き、合唱、ソロ、合唱と歌っていくところも、森の動物さんたちと同じです。どのパートを、どの動物さんが歌っているかは、面倒くさいので書きません。

「さっき健康診断の数値を見たんだけど、肝臓の数値がすごく悪くて、ショックです〜

酒を飲む前には必ずウコンも飲んでるし、コエンザイムQ10の錠剤も飲んでるし、アガリクス粉末やプロポリスも飲んでるのに〜」

「じゃあ、H_4O水を飲んだらどうかな〜　抗酸化作用がすごいらしいよ、ルルドの泉と同じHで水素が多いから効き目抜群なんだって〜」

「そんなことより風水ですよ〜

檻《おり》の入口には黄色いものを置くこと〜　そうすれば肝臓の数値もよくなります〜

それから、先祖の供養《くよう》も忘れずに〜」

「あれ？　ライオンさんの姿が見えないけど、どうしたの〜」

「デパスとサイレースを飲みすぎて、救急車で運ばれたみたい〜」

「ああ、あたしに聞いてくれれば良かったのに〜　ライオンさんは薬のことをよく知らないからね〜

だいたい、デパスとかソラナックスは抗不安剤ということになってるけど、ほとんど効かないことぐらい、常識よ〜　あたしとしては、まず、プロザックを試してみて、それでダメなら、トリプタノールかアナフラニール、これは抗鬱剤としては、かなりマシ〜　お勧めは、テグレトールを朝・昼・晩〜　それと同時にデプロメー

ルを朝・晩〜　そして、寝る前には、ロヒプノールとレンドルミンのカクテル〜
とっておきは、メレリルよ〜　どんな幻覚も一発で消えるから〜
とにかく、以上の組み合わせなら、医者いらずだと思うわよ〜　もっとも、精神科の医者って、薬を処方するしか能がないんだけどね〜」
「ところで、今日の会議のテーマはなに〜」
「森の動物さんたちが、我々を襲撃することがわかったんです、なので、その対策を考えようというわけです〜」
「そんなの、法務部の仕事じゃないですか〜　そうでなきゃ総務の〜　やつらにやらしておきなさいよ〜　ぼくは関係ない〜」
「でもねえ、その襲撃がいつか知ってますか〜　トゥナイト〜」
「ぼくだって、8時に、クライアントとの打合せがある〜　トゥナイト〜」
「あの、あたしも、8時にネイルサロンの予約が入ってるんですけど〜　トゥナイト〜」
「うちは共稼ぎだし、今日は妻の帰りが遅いので、ぼくが8時までに子どもを保育園に迎えに行かなきゃならない〜　8時というと遅いって感じでしょう、延長保育

なんですね〜

でも、その時間まで保育園にいるのはうちの息子だけなんですよ〜　ぼくが行くと、『パパ！』といって抱きついてくるのが泣けてくる〜　半年も待機してやっと入った保育園だから、3分遅刻しただけで、追加料金をとられても文句をいわない〜　3歳になったら幼稚園に入れようかと妻と話しているけど幼稚園だと午後4時までだし、土曜は半日だから、仕事の問題があってほんと難しい〜　それにうちの近所だと仏教系の幼稚園しかないからなあ〜　それはおいおい考えるとして、とにかく、ぼくは、いまから保育園に迎えに行きます〜　トゥナイト〜」

「トゥナイト〜　トゥナイト〜　みんな、それぞれ用事があるみたいなので、手がすいた者が自発的に、襲撃に対応するってことでよろしいでしょうか〜　トゥナイト〜」

歌い終わると、また、動物さんたちは、軀を軟体動物のようにくねくねさせなが

ら、先程、自分たちが登場した方向へ、戻っていく。それと共に、盛り上がっていた音楽もフェードアウト、
と――思った瞬間、きわめてロマンチックな音楽が、ゆるやかに、流れはじめる。
ふと気づくと、森の広場の真ん中にバルコニーが存在している。いつの間に運ばれてきたのやら。ちょっと、目を離していた隙に、こんなことになるとは、想像すらできませんでした。でも、そういうことは、よくあることですから。
で、バルコニーですが、そこには、サルさん（こっちは雌《めす》、さっきは雄《おす》）がいて、なにかこう、愁《うれ》いを秘めた感じで、手摺《す》りに凭《もた》れています。どうしたんでしょう。メランコリックだった音楽の調子が、甘ったるい感じに、急変します。予想通りですね。樹の陰から、キリンさんが現れ、バルコニーに近づいていきます。

「おっす～」
「ちょっと、夜、恋人の家のバルコニーの下に来て、最初の一声が『おっす』はな

いんじゃない〜」

「そうかな〜」

「そうよ〜　ねえ、キリンさんはあたしのこと愛してる〜」

「うーん、まあ、愛してる〜」

「なに、その、『まあ、愛してる』って〜」

「じゃあ、『まあ』はとっていいよ〜」

「『じゃあ、とっていいよ』？　なに、その言い方〜」

「ったくもう〜　おまえが『まあ』がイヤだって文句をつけるから、『まあ』をとったら、今度は、とったのが気に食わないって、いうわけかよ〜　わけ、わかんない〜」

「わけ、わかんないのは、あんたの方よ〜　だいたい、こっちから誘導しなきゃ、『愛してる』も『好き』もいわないし〜　最近、会ってもセックスするだけだし、一緒に家にいても、ずっとプレステばかりやってるし〜」

「キレんなよ〜　『愛してる』とか、『好き』とか、そんなこと、しょっちゅういう方がウソくさいじゃん〜　会って、セックスもしない方がヤバいじゃん〜　それから、家にいる時だけど、なにもしないで、二人でずっと見つめ合ってばかりいたら、息苦しいじゃん〜　これでも、いろいろ、考えてるんですけど〜」

「へえ、そう〜　ねえ、昨日の夜の6時から12時まで、どうして携帯の電源が入ってなかったんですか〜」

「えっ、なに〜　なんのことかな〜　たぶん、電源、入れ忘れたんじゃないの〜」


「あっ、いま、視線が左上方だった〜　やっぱりウソだ〜　『週刊ＳＰＡ！』に、記憶を探ろうとする時は、視線は右上方で、言い訳を考えている時は、視線は左上方、って書いたあったわよ〜　脳の構造上、そうなるんだって〜　ウソつき〜」

「うっせーなあ〜　そんなことばっか、いうんだったら、おれ、もう帰る〜」

「勝手に帰んなさいよ〜　バーカ〜　あっ、ちょっと〜」

「なに〜」

「兄さんたちがしゃべってるの聞いたんだけど〜　なんか、よく、わかんないけど〜　みんな、動物園の動物さんたちをラチる、とか、狩る、とか、いってたみたい

～　トゥナイト～」

「あっ、そう～　トゥナイト～」

「『あっ、そう』って、それだけ？　トゥナイト～」

「関係ないじゃん～　トゥナイト～」

「冷たいのね～　トゥナイト～」

「冷たいとか、温かいとか、そういうんじゃなくて～　だいたい、集団で集まってなんかするっていうのが、そもそも、よくわかんないわけ～　だいたい、おまえさあ、おれに、なにをさせたいわけ？　森の動物さんたちと動物園の動物さんたちの間に入って、仲介するとか？　トゥナイト～」

「トゥナイト～　トゥナイト～　なんかもうマジ疲れる～　ほんと最悪～　だって最近顔を見るだけでムカつくから～　トゥナイト～」

「やっぱ部屋に閉じこもっていた頃の方がマシだったかも～　おれらって繊細だから社会生活に向いてないんだよね　トゥナイト～」

サルさんとキリンさんは抱き合ったまま歌う。バルコニーの上でも抱き合うことができるのは、キリンさんの頸《くび》が長いから。これで、本編の登場人物は、全員集合したようである。ところで、これからどうなるかというと、森の動物さんたちが予定通り動物園を急襲、一応、動物園の動物さんたちも、バリケードかなんか築いて応戦。その乱戦の真っ最中に、やっぱり動物同士仲良くした方がいいんじゃないかとなんとなく思ったキリンさんが突入する。でも、喧嘩慣れしてないものだから仲裁に入ったつもりで、振り回した角材が、サルさんの後頭部を直撃して、サルさんは即死。そしたら、なんと、そのサルさんは、キリンさんの彼女の兄貴だったんですねえ。よくある話です。キリンさんは、恋人のサルさんと逃亡、森の動物さんたちに追い詰められ、絶体絶命、という瞬間、「シカさん」というか「ご老公さま」が現れ、動物さんたちに平和共存するよういい聞かせて、終わるのでした。以上。

家庭の事情

1

パンダさんは、偏差値が50ほどの私立の女子大を卒業した。幼稚園の頃から、その女子大の系列校に通っていたので、一度も共学というものを経験したことがなかった。いわゆる「男に免疫《めんえき》がない」女の子だった。

そのせいだろうか、卒業して、父親のコネで入った広告代理店で、夫となる男性に出会い、すぐに付き合うようになった。

パンダさんが、パンダさんの夫と知り合ったのは、「新入社員歓迎」のコンパだった。会社にとっては、それは、日頃忙しく、女性と付き合う時間も暇もない男性社員の「お見合い」の場でもあったのだ。

そもそも、男性というものがどのような存在であるのか知らないパンダさんにとって、超一流の私立大学を出て、ハンサムで、年齢に比して会社でのポジションも高い（ついでにいうなら、その頃、すでにパンダさんの夫となるべき男性は、ベンツを所有していた）、その男は、自分の結婚相手にふさわしいと思えた。

結局、パンダさんの夫は、パンダさんの最初のセックスの相手となった。パンダさんは、一度セックスすると、ただちに「結婚」のことを考えはじめた。それ以外には考えられなかった。パンダ、とりわけパンダの女性が、保守的といわれる大きな理由の一つは、この点である。

パンダさんの夫となる男性も、ちょうど、「結婚」のことを意識しはじめた時期だった。以前、やはり「新入社員」と一度関係を結び、自然に解消したことがあったが、相手の女性が勝手に「婚約」したと思いこんだため、若干のトラブルが発生することになったのだ。

パンダさんの夫は、上司から「交際は自由だが、相手に勘違いされるようではいけない。その点は、よく注意するように」といわれ、次に「交際」する時は、「結婚」を前提にしようと考えていたところだった。要するに、両者の思惑は一致したのである。

パンダさんたちは、誰もが知っている浅草の大きなお寺で「華燭《かしょく》の典《てん》」をあげた（もちろん、仏式である）。というのも、パンダさんの実家は、そのお寺の有力な檀家であったからだ。パンダさんの結婚式は、雑誌にもとりあげられた。もちろん、「はっきりいって、パンダに文金高島田《ぶんきんたかしまだ》って、似合わないんですけど」という陰口も聞かれたのだが。

パンダさんは、一年勤めただけで、会社を「寿《ことぶき》退社」し、「専業主婦」となった。パンダさんの夫は、すでに、郊外に３ＬＤＫのマンションを購入していた。車も、アルフレックスの家具も、ジノリのティー・セットもあった。パンダさんの夫は、もちろん、財形貯蓄もしていた。あとは、「子ども」だけだった。

「子ども」はなかなか生まれなかった。

結婚して、まだ数年しかたっていない頃のことだった。

パンダさんの友だち（もちろん、幼稚園や小学校時代からの友人たちである）の中には、「『激しすぎると妊娠しにくい』っていうじゃない。おたく、そうじゃないの？」という者もいた。パンダさんは、少し顔を赤らめると（といっても、パンダなのでほとんど顔色に表れないのだが）、「そんなことはないわよ」といった。それは、言外に、「その通り、うちは激しいので、妊娠しにくいの」という意味を匂わせる言い方だった。とはいっても、ほんとうのところ、パンダさんたちの性生活は別に「激しい」ものではなかった。要するに、パンダさんは、友だちがイメージする「新婚生活における性生活」に合わせた発言をしたのである。

パンダさんは、友だちの「激しい」という言い方に若干の抵抗を覚えていた。パンダさんの考えでは、「性生活」というものは、あからさまに他の動物に語るようなものではないからであった。そして、友だちも、そのような常識を、以前は共有していたようにパンダさんには思えた。

「みんな、変わっちゃったわ」とパンダさんはぼんやり思った。

カンガルーさんは、パンダさんと同じ高校を卒業すると、共学の私立の大学に行き、四年の時、付き合っていた「テニサー」（「テニスサークル」のことだ）の先輩と結婚した。いわゆる「できちゃった婚」だった。

やはり、パンダさんと同じ高校を卒業して、渋谷にある短大に通っていたチーターさんは、短大を中退した後、「プー」をしていたが、「それではいけない」と思い立って、「ネイルアート」の専門学校に入り直した。そして、クラブで知り合った「金髪で『一見、ギャル雄』だけど、実は、昼間は植木屋をやっている」チーターと同棲していた。「動物は外見じゃない」という「共通の価値観」を、チーターさんたちは持っていた。

チーターさんは「彼氏」を連れて、パンダさんの「新婚家庭」を訪れたことがある。その時には、パンダさんの夫もいた。

パンダさんは、ＩＨ調理器を完備した、広いキッチンで、前日から煮込んでいたシチューをかき混ぜながら、リビングから聞こえてくる、雄たちの声を聞いていた。

「おおっ。すごいっすね。このソファ。ちょっと、こんな高級なやつ、おれ、こわくて座れないっすよ」

「いや、気にしないで。ただのソファだから」

「夫とはえらい違いだ」とパンダさんは思った。そして、自分の夫のことを誇らしく思う気持ちで一杯になった。

シロクマさんは、パンダさんと一緒に大学を卒業して、中堅の銀行の「総合職」となった。シロクマさんは大学にいる時から、成績も良かったが、ガリ勉タイプではなく、サークルは「スキューバダイビングクラブ」を選び、しょっちゅう、ベーリング海峡まで出かけていた。「銀行員」になってからも、そのライフスタイルに変わりはなかった。そして、シロクマさんの言葉によれば「ちゃんとアバンチュールも楽しんでいる」のだった。

パンダさんが「シロクマさんは、結婚しないの？」と訊ねると、シロクマさんは「わたしは、そういった固定した考えは持たない。結婚するかしないか、前もって考える必要はない」と答えた。

パンダさんが結婚して三年後に、チーターさんが結婚した。

「金髪」だったチーターさんの夫は、いつの間にか髪は角刈りで「いなせ」な感じの雄になっていて、その次の年には、独立して「親方」になった。

「できちゃった婚なの？」パンダさんが訊ねると、チーターさんは「そんな無計画なことはしないわ。頭金を半分、彼のお父さんに出してもらって、住宅を買うことにしたの。子どもは再来年にひとり。それから二年たったら、もうひとり」と答えた。そして、チーターさんは、予定通り、ふたりの子どもを産んだ。

カンガルーさんは大学生の時、渋谷の街頭でスカウトされて、モデル事務所に入っていた。スリムで美脚のカンガルーさんは、売れっ子のモデルでもあったが、「できちゃった婚」で一時、仕事を休んだ。子どもが一歳になり、保育園に預けられるようになると、元の事務所から、復帰するよう依頼があった。そのことで、カンガルーさんは夫と諍《いさか》いを起こした。夫は、カンガルーさんがモデルに復帰することを嫌がったのだ。

「まだ一歳なのに、子どもを保育園にやるのは、教育上よくない」というのが夫の主張だった。

ほんとうのところ、夫が反対した理由は、妻が自分より遥かに稼ぎがいいことを思い知らされたくないからだった。「そんなものなのかな」とカンガルーさんは思った。だから、カンガルーさんは、子どもを保育園にはやらず、手元で育てることにした。

2

シロクマさんが「電撃結婚」したのは、銀行に入って六年目のことだった。相手は、外国資本の証券会社の社員で、「起業」のために独立したばかりだった。シロクマさんは、厳しい目でその雄を見た上で「成長力があり、将来有望」と判断した。シロクマさんの夫のプロポーズの言葉は「ぼくの生涯のパートナーになってほしい」だった。シロクマさんは、結婚と同時に妊娠した。パンダさんは、シロクマさんが妊娠したと聞いて衝撃を受けた。もちろん、すぐに「おめでとう」というメールを送り、さらに、タカシマヤで「新生児用ギフトセット」を買って、シロクマさんにプレゼントしたが、心は穏やかではなかった。

「シロクマさん、赤ちゃんできたって」パンダさんは、夕食の時、夫にいった。

「へえ」夫は新聞に目を通しながら、呟くようにそういった。

カンガルーさんの子ども（カンガルーさんに似た、優しい瞳の女の子だった）が一歳半になった頃、カンガルーさんは、子どもを連れて「公園デビュー」することにした。

ある晴れた昼下がり、カンガルーさんは、白のトップスに七分丈のジーンズ、クロエの鞄を提《さ》げ、サンダルをはいて出かけた。

公園には誰もいなかった。いや、正確には、子どもを遊ばせているお母さんたちの姿は見えなかった。公園にいるのは、正確には、ホームレスのイヌさんと、家にいてもすることがなく、嫁がうるさいので、朝から夕方までずっと座っている老いたヤギさんだけだった。

「可愛い赤ちゃんですね」ヤギさんはいった。

「どうも、ありがとう」カンガルーさんは答えた。

「白いと汚れませんか。そのお召《め》し物《もの》」

「大丈夫です。洗える素材なので」

カンガルーさんのお腹の袋の中では、子どもがすやすや眠っていた。

一時間ほどで、公園を後にすると、カンガルーさんは、我が家である、夫の実家に戻った。

「ケイコさん、公園、どうでした？」姑《しゅうと》がいった。「楽しかった？」

「お母さん方がいなくて」

「ほんとに」姑は苦々《にがにが》しげにいった。「近頃のお母さんは、すぐに子どもを保育園に預けるでしょ？　あれは育児放棄みたいなものですよ。あたしの頃も、保育園に預ける人は多かったけど、あたしはそんなことはしませんでしたよ。まったく、赤ん坊の頃から、他人に預ける人の気持ちがわからない」

「そうですね」カンガルーさんは小さな声で答えた。


カンガルーさんは、子どもをベビーベッドに寝かせると、キッチンの食卓の上で頬杖をついた。

「生きるとは何だろう？」

そんな言葉がカンガルーさんの脳裏に浮かんだ。カンガルーさんは驚いた。いままで、そんな難しいことを考えたことなどなかったからだ。

それから、カンガルーさんは夫のことを考えた。カンガルーさんは、夫の口癖が

「おれはやるぜ」だったことを思い出した。

「テニサー」時代、カンガルーさんの夫は、ほとんどテニスなどせず（カンガルーさんは、夫がテニスをやっているところを一度も見ていなかったことに突然気づいた）、もっぱら、飲み会の手配やクラブのイベントばかりに精を出していた。そして、事あるごとに、「おれはやるぜ」というのだった。

その夫は、結局、「就活」もほとんどせず、いまはコンビニでバイトをしていた。いまも口癖は「おれはやるぜ」だった。

いったい、あの人は、「なに」をやるつもりなんだろう？

夜になって、夫が帰ってきた。夫は、ジャージーに着替えると、黙って、自分の部屋へ直行しようとした。キッチンの食卓に頬杖をついたまま、カンガルーさんは訊ねた。

「どこへ行くの？」

「部屋だよ」

「なにしに行くの？」

「休むんだよ。仕事から戻ったばかりで、疲れてるんだよ」

「どうせ、ニンテンドーDSで『おいでよ　どうぶつの森』をやるだけでしょ」

「だったら、なんだ」

「ちょっと話したいことがあるの」

「赤ん坊が泣いてるぞ」

「あなた、風呂も入《い》れないくせに」

「キレルなよ」

「あたし、モデル事務所に戻るから」

「なんだよ、藪《やぶ》から棒《ぼう》に」

「仕事を頼まれてるの」

「そのことは話し合ったじゃないか。まだ、子どもが小さいうちは、どこにも預けず、家で育てるって」

「『話し合っ』てなんかいないわよ。あなたが一方的にいったことじゃない」

「だいたい、保育園に預けるっていってみろ、母さんが文句をいうだろ」

「どうして、わたしたちの子どものことで、あなたのお母さまに文句をいわれなきやいけないの？」

「おれたち、実家に住んでるわけだろ？　あの子は、おれたちの子どもでもあるけど、うちの両親の孫でもあるわけで——」

「だったら、ここを出ましょうよ！」

「赤ん坊が泣いてるわよ」

キッチンを覗きこんでいた姑が小さな声でいった。

「早く行ってあげなさい」

カンガルーさんは、ベビーベッドのところに行き、大声をあげて泣いている子どもを抱きあげ、腹の袋に入れ、キッチンに戻った。夫は姿を消していた。

『おいでよ　どうぶつの森』をやっているにちがいない、とカンガルーさんは思った。「おれはやるぜ」といったのは、そのことだったの？　袋の中で、子どもはまだ泣いていた。泣きたいのはこっちだ、とカンガルーさんは思った。

3

パンダさんは、なにかが足りない気がしていた。そのなにかというのは、もちろん、赤ん坊だった。カンガルーさんにも、チーターさんにも、シロクマさんにも、子どもがいる。なぜ、わたしにはいないのだろう。

パンダさんは、基礎体温をつけ、もっとも妊娠しやすい日に、セックスすることにした。もちろん、パンダさんの夫も協力を誓った。

朝、夫が出かけるとき、パンダさんは、こういうのだ。

「今夜がチャンスなの。遅くならずに帰ってね」

「わかった」

夫が帰宅すると「胃にもたれない」けれど「スタミナがつく」、「ドロドロしたもの」たとえば「山芋やオクラ」を中心とした（肉では肝心な時、眠くなってしまう場合が多い、とパンダさんが読んだ雑誌には書いてあった）夕食をとり、「少々アルコールはとった方がいいでしょう。いかにも子作りのためのセックスでは、夫にとっても妻にとっても興ざめ」なので、あまり好きではなかったが、ワインをジュースで割ったものを飲み「妻にもこんな面があったのだと思わせるのも有効」なので、インターネットの通販で買った、以前なら水商売の雌か娼婦《しょうふ》が着るようなものだと思っていた、派手なランジェリー（しかも、Tバックのショーツ）をつけて、ベッドに入り、夫を待った。

セックスの時間はあまり長くはなかった。それは、パンダさんが、セックスそのものにあまり興味がなかったからでもあるが、「激しいセックスをすると妊娠しにくい」とどこかに書いてあるのを読んだからだった。

夫が射精し終えると、パンダさんは、「精液が流れ出ないように」、腰の下に枕を敷いたり、ベッドから降りて逆立ちしたりもした。

夫は、ベッドの横の壁に向かって逆立ちしている裸の妻を見て一瞬「気が狂っているのではないか？」と思った。だが、それを口に出していうことはなかった。「家庭というものは」と夫は思った。「妻が管理すべきもので、雄である自分があれこれいうものではない。そして、子どもというものは、まさに、妻が管理すべき専権事項なのだ」

チーターさんは、ふたりの子どもを産んでいた。上の雌の子が三歳になり、下の雄の子は一歳になった。子どもの数は予定通りだったが、予定通りいかなかったこともある。住宅の頭金は、半分ではなく、すべてを夫の実家に出してもらうことになった。あるはずであった夫の（というか夫婦の）貯金がゼロだったからである。夫が五反田のキャバクラに通い貯金を使いこんでいたのである。激怒したチーターさんの頭の中に「離婚」という文字が躍《おど》った。平身低頭して謝罪する夫に、呆れたようにチーターさんはいった。

「なんで、キャバクラなんかに金を使うのよ」

「『若い衆』を遊ばしてやったんだよ」

「なんで、『若い衆』を遊ばしてやる必要なんかあるのよ」

「こき使うだけじゃ、いまの『若い衆』はついてこないんだよ。『親方』として太っ腹なところも見せてやらなきゃなんないんだよ」

「そういうことだよ、マイコさん。親のわたしも謝るから、ここは一つ、許してやってくれないだろうか」

「お父さんが謝ることじゃありません。だいたい、家を買う頭金として貯金してきたのに、わたしに黙って使いこむなんて」

「その分は、わたしが出すから。申し訳ない、こんな息子にしたのは、わたしも悪かった」

「そういわれても……」

チーターさんが夫の父親と話している間、夫は、申し訳なさそうに、正座をして、ふたりの会話に聞き入っていた。そして、結局、チーターさん夫婦の家は、夫の実家の近くに、夫の父親が頭金をすべて捻出《ねんしゅつ》することで建てられたのである。

予定通りいかなかったのは、「家」の問題だけではなかった。チーターさんの夫の「キャバクラ狂い」も直らなかった。

「キャバクラ」の一件以来、チーターさんは、夫の給料を管理していた。小遣いも厳重な管理の下にあった。だが、すべてを管理するわけにはいかなかった。夫は「親方」で、「若い衆」の給料を支払う立場にあって、その支払うべき給料に手をつけたのだ。

その時も、チーターさんの脳裏に「離婚」の文字がちらついた。チーターさんは、子どもふたりを連れて、実家に戻り、母親に訴えた。

「わけわかんないわ。母さん、聞いてよ。あいつ、『若い衆』に払う給料を勝手に使っちゃって、キャバクラに行ってるのよ」

「チーターの雄って、そんなものよ。死んだ父さんなんか、酒は飲む、ギャンブルはする、それでもって、向島の芸者に入れあげて、財産ぜんぶなくしちゃったんだから。キャバクラ通いぐらい、可愛いものよ」

「そうなの？」

「そうよ。別に他に家庭を作ったわけじゃないし、仕事もちゃんとしてるんだし、ある程度は見逃してあげるのも『妻の智恵』なの」

「そんなものなのかなあ」

「母さんがそういうのだから、そうかもしれない」とチーターさんは思った。その晩、父親に連れられて、坊主頭にした夫が実家に現れた。

「この通りです。不甲斐ない倅《せがれ》で申し訳ない。使いこんだ金は、わたしが弁済します。どうか、戻って来てください」

「まあまあ、お父さん。頭を下げないでください」とチーターさんの母親はいった。

「いや。母親を早くに亡くしたもので、わたしが甘やかしたのがいけなかった。どうも、こいつは世間知らずのところがあって」

「そんなこと。お互いさまです。うちも、父親を亡くしていますので、甘いところは一緒です。さあ、玄関ではなんですから、どうぞお上がりください」

「それでは、お言葉に甘えまして。こら、おまえもちゃんと頭を下げんか」

その時、奥から、上の子の手を引き、下の子を抱いてチーターさんが現れた。

「パパ！　迎えに来てくれたの？」上の子は、夫に抱きついて嬉しそうにいった。

4

パンダさんに、「病院に行って検査を受けて」といわれて、パンダさんの夫は頸を傾げた。

動物ドックには先月行ったばかりだった。今年は、心肺ドックも脳ドックも受診して、ＭＲＩの方はなんともなかったが、ＭＲＡで「動脈瘤の疑いがないとはいえない」という、なんとも曖昧《あいまい》な結果となり、もう一度、「脳卒中科」に行って脳の再検査を行い「問題なし」という診断を受けたばかりだった。

「健康に問題はないよ」とパンダさんの夫はいった。「肝臓の数値もいい。肝嚢胞《かんのうほう》も、何年も大きさは変わってないし。血管年齢も骨年齢も非常に若いといわれてるんだ」

「わたしも一緒に行くの」パンダさんはいった。

「どうして？」

「不妊の相談をするの」

パンダさんは、意を決したようにしゃべりはじめた。

結婚して五年たつこと、それなのに赤ん坊ができないこと、一般的には「避妊しないで夫婦生活を営んでいるにもかかわらず二年以上」もしくは「排卵期に夫婦生活を試みるようタイミングを測っているのに一年以上」妊娠しない場合は「夫婦どちらかに不妊の原因がある可能性が高い」こと、つまり、自分たちのどちらかに不妊の原因があり、できるだけ早く病院に行き、原因を特定し、不妊治療を開始したい、それがパンダさんの言い分だった。

「それは、そうなのかもしれないが」とパンダさんの夫はいった。

パンダさんの夫の言い分は次の通りだった。

確かに、パンダさんのいう通り、結婚して五年たち、しかも「通常以上」に気を使って夫婦生活をしているのに子どもができないのは遺憾《いかん》だ、とはいえ、五、六年、子どもができないパンダも多い、なにしろ、昔からパンダは妊娠しにくいというのが定評だ、少し、子どものことを気にしすぎではないだろうか、もっとゆったりした気持ちで、少し、待ってみてはどうか。

「待って、どうなるの？　どちらかに原因があるなら、待っていても解決しないわ」

「別に病院に行くだけが手段じゃあるまい。他になんか方法があるんじゃないか？」

そこでまた、パンダさんは、手をこまねいていたわけじゃない、といった。

不妊症コミュニティサイト「子宝ネット」でいろいろ調べて、「不妊症に効くマッサージ」にもこっそり通ったし、別の掲示板で「ゲルマニウム温浴をして妊娠した動物続出」というスレッドを読んで、すぐに、ゲルマニウム温浴というものもやってみた。それは、新陳代謝を良くして、ホルモンバランスを改善するというもので、理屈にも合っているように思えた。でも、やはり、妊娠はしなかったのだ。

「お願いだから、あたしと一緒に、病院に行って」

「ぼくも検査を受けるのか？」

「そうよ」

「なんだか、気が進まないな」

「あなた、子どもが欲しくないの！」

「そういうわけじゃないが」

厳しい目つきで自分を見つめるパンダさんの視線から、夫は目を逸《そ》らした。この話は、とパンダさんの夫は思った。いつまで続くのだろう。夕飯の時間はとっくに過ぎている。こちらは会社で仕事をしてきて疲れているのだ。先に食事をすませて、その後でもかまわないじゃないか。パンダさんの夫はそう思った。だが、口に出すことはなかった。


結局、双方の親の目の前で土下座をされ、しかも、上の子に「ねえ、お家に帰るんでしょう？」と無邪気にいわれては、チーターさんも家に戻るしかなかった。

「もう二度と、あんなことはしない」と夫は約束した。チーターさんは「あんなこと」とは「キャバクラで遊ぶこと」だと当然思った。それに対して夫の考える「あんなこと」とは、「キャバクラ遊びを妻に見つかること」だった。

チーターさんの夫は、繰り返し、チーターさんに謝った。だが、内心では、「なぜ、おれが謝らなきゃならねえんだ」と思っていた。

チーターさんの夫は、自分が同じ世代の雄より稼いでいる、と思っていた。「親方」というものは、一種の「社長」だと思っていた。「若い衆」を雇い、彼らを食べさせていくだけの仕事をとってこなけりゃならない。時には、頭を下げたりもしなきゃならん。たいへんな心労だ。少々「息抜き」をして、どこが悪いんだ?

だが、チーターさんの夫は、そのことをチーターさんにいうことはなかった。

チーターさんの夫は、黙って、朝仕事に行き、夜になると家に戻って来た。そして、突然、自分が「家庭」というものを持っていることに驚くのだった。

「家庭」には「妻」というものがいた。

かつて、「妻」は、如何《いか》にもチーターらしく、猫族特有の敏捷《びんしょう》さとしなやかさを持ち合わせていた。軀の線はほれぼれするほど美しかった。のしかかっていった時、チーターさんの喉の奥から迸《ほとばし》る「ウギャァァァ」という、甘くも獣じみた咆哮《ほうこう》は、若い夫の本能をかきむしるような強烈な魅力があった。いったい、あれは現実だったのだろうか？　そしていま、その「妻」というものには、いつも「子ども」がまとわりついて離れないのだ。

チーターさんの夫は「子ども」のことが好きでも嫌いでもなかった。「可愛いお嬢ちゃんですね」といわれたり、「元気な坊っちゃんですね、おとうさん、そっくり」といわれたりすると、嬉しいと思う時もあった。だが、正直なところ、チーターさんの夫にとって、「子ども」は、「夜になって戻ってくると寝ていて、朝出かける時にも、やはり寝ている、小さな生きもの」にすぎなかった。

いや、時には、なぜ、そんなものを産みだすことに賛成したのか、自分でも理解できないと思った。

夜、チーターさんの夫がチーターさんのパジャマをはだけ胸をまさぐると、たいてい、チーターさんは面倒くさそうに「疲れてるの、明日にして。それから、胸は止めて、おっぱいやんなきゃいけないから、触られると気持ち悪いの」といった。

逆に、チーターさんの方から、チーターさんの夫の股間を触ってくることもあった。残念ながら、そういう時には、チーターさんの夫の方が「疲れてるんだ」というのだった。

時には、どちらも「疲れて」はいないこともあった。だが、そんな時、チーターさんの夫が、チーターさんの性器を舐めていると、赤ん坊が泣きはじめるのだった。赤ん坊が泣かない時もあった。「おっぱいたくさんやってきたから泣かないわよ」とチーターさんが、夫の耳もとで囁《ささや》いた。チーターさんの夫はざらざらした舌で、チーターさんの耳を愛撫《あいぶ》しようとした。すると、今度は、上の子が泣きながら寝室のドアを開け、「こわい夢を見たの」といってやって来るのだった。

チーターさんの夫は、騙されたような気がしていた。いろんな意味で。「家庭」にいる、あの太った、年中ジャージーばかりはいている猫科の生きものは、誰だ？ ピーピー泣いて、部屋中、オモチャとお菓子のクズで汚している小さな生きものは、どこから来た？

あの、吐いたおっぱいの饐《す》えた臭いはなんとかならないのか。

「妻」か。

あいつは、チーターというよりイノシシじゃないか、だいたい、牙があるし。おまけに、背中は曲がってるし。

チーターさんの夫は、また「キャバクラ」に通いはじめた。中でも、いちばんの「お気に」は、「自称十九歳」、ほんとうは十七歳で、年中喉を鳴らしているヤマネコさんだった。

「おまえ、十七かよ、マジヤバクない？　だいたい、ここに勤めるのに、年齢のチェックないのかよ」

「あるけど。お姉ちゃんの保険証、コピーして見せたらオッケーだった」

ヤマネコさんは、両親を早く亡くして、姉とふたり暮らしで、姉は准看護師をしていて、自分を養ってくれている、准看護師の仕事はたいへんなので、いつまでも世話になりっぱなしじゃいけない、姉は学校へ行けといってくれたけど、ふつうに高卒じゃあ、たいした就職もできない、ならば、夜のバイトをしながら貯金して、大検を受けて、大学に入りたい、そう思っている、とまあ、こんな話をした。チーターさんの夫は、感動していた。なんて健気《けなげ》なやつなんだ。おれが「結婚」すべきだったのは、こういう優しい雌だったのだ。

「おまえ、すごいいいやつじゃん、歳の割にすごい頑張ってんじゃん」

「そんなことないよ。まあ、ほどほど」

ヤマネコさんは照れたふりをしながら、そっと俯いて舌を出した。姉ちゃんのいう通り、楽勝だ、とヤマネコさんは思った。そんな「いい話」が現実にあるわけないじゃん。ヤマネコさんに確かに姉さんはいたが、もちろん、准看護師なのではなく、六本木のキャバクラのNO．1で、稼ぎも良く、父親の借金を肩代わりするほどだったので、両親は、その姉になにもいえなくなっていた。姉は、ヤマネコさんの憧れだった。キャバクラに勤めることを勧めたのも姉だった。

ある時、姉は、いきなり、ヤマネコさんにこういった。

「あんた、エンコーしてるでしょ」

「なによ。いきなり」

「あんた、バレバレよ。学校行ってないし、マルキューでしょっちゅう買物してるし、その金、どうしたのよ。まさか、あたしに『友だちから安く買ってる』なんていうんじゃないでしょうね。うちの黒服が、道玄坂であんたを見かけたって、いってたし」

「だったら、なによ」

「あんた、エンコーなんて、バカがやることよ。危ないし、大した稼ぎになんないし。やるんだったら、キャバクラにしなさいよ。キャバクラの客なんかちょろいわよ」

そういうわけで、ヤマネコさんは、キャバクラに勤めた。誰もが、面白いように、同じ罠にひっかかる。たとえば、このアホ・チーターとか。これで、メルアドを交換して、時々、メールを出す。「営業メール」はNG。「元気？　今日は、家で姉と一緒に、ちらし寿司を作りました。今度、食べさせてあげるね」とか、そんなメールを出す。後は、シャネルやカルティエを刈り取るだけ。

5

カンガルーさんは、子どもを連れて家を出た。家を出る時、夫は、部屋に入ったきり出て来なかった。その代わりに、姑が玄関先で騒いだ。

「ケイコさん！　あなた、子どもを連れて、どうするつもりなの！」

「お母さまにはお世話になりました。でも、もう我慢できません」

「シュウイチロウ！　シュウイチロウ！　ちょっと、ケイコさんが出て行くといってるのよ。なに、してるの！　あなた、あなた、ちょっと、ケイコさんになんとかいってください！」

カンガルーさんは、姑を置き去りにしたまま、子どもをお腹の袋に入れて、外へ出た。当てはなかった。

結局、カンガルーさんが足を向けたのは、かつて「公園デビュー」をした公園だった。もちろん、「デビュー戦」以来、登板の機会はなかった。そこに行けば、落ち着いて、これからのことを考えることができるかもしれない。ただ、そう思っただけだった。

夜の公園に、先客がいた。その先客は、淡い照明の下で、ブランコに腰かけ、タバコを喫《す》っていた。

「もしかして……パンダさんの旦那さん？」

「おや、カンガルーさん。どうしたんですか？」

「ちょっと……。パンダさんの旦那さんこそ」

「わたしですか？　考えごとをしようと思ってね。おや、可愛い女の子だ。いくつです？」

「六つです」

「ふむ。子どもはいいですね」

「そうですね」

『子はかすがい』といいますから」

「ほんとに」

パンダさんの夫とカンガルーさんはブランコに並んで座った。カンガルーさんは、なんともいえない感じがする、と思った。言葉にすることのできない感じが。

「ところで」パンダさんの夫がいった。「シロクマさんの一件、お聞きになりましたか？」

「いいえ。最近、パンダさんにも会ってないし、シロクマさんからも連絡がないし」

パンダさんの夫はため息をついた。

「家庭は大事、ですよ」パンダさんの夫は呻《うめ》くようにいった。「そう思いませんかか？」

「ええ」とカンガルーさんは答えた。なんと答えていいのか、実はよくわからなかった。とりあえず、その「シロクマさんの一件」について聞かなくては、とカンガルーさんは思った。こちらの問題はさておいて。

そして、いつの日にか

ペテルブルク、ワシーリイスキー島のアレキサンダー犬猫病院に入院していた柴犬のタツノスケくんが、医者に見放される形で退院したのは明治四十二年四月三日であった。続く五日、柴犬のタツノスケくんはヴァルシャーフスカヤ駅を出発、ベルリン、アントワープを経由してロンドンにたどり着いたのは九日、そして休む間もなく、その日のうちに日本郵船賀茂丸に乗り込んだ。衰弱は激しく「寝榻《しんとう》椅子に仰臥《ぎょうが》したるまま船中に担ぎ込」まれたのである。十日、出航。柴犬のタツノスケくんは、日も当たらず風通しの良い一等の四四小屋、二十八号室を一匹で使うことを許された。柴犬のタツノスケくんは伝染病である肺結核に罹《かか》っていたが、賀茂丸は柴犬のタツノスケくんの文名に敬意を表しできるだけの便宜《べんぎ》をはかったと伝えられている。最後まで熱は高かった。十七日、マルセイユ着。二十二日、ポートサイド着。二十三日、スエズ着。暑気ひどく、この頃より重態となった。五月六日、コロンボ入港。絶望状態に陥り「Worse Very Weak」という電報が日本に打たれた。九日、意識が混濁《こんだく》し、柴犬のタツノスケくんは何度もうわ言を呟いた。給仕は、柴犬のタツノスケくんが「ランプが……」というのを聞いた。たぶん、本郷弥生町の自宅書斎の机の上に置かれたランプのことであったろう。翌十日、体調はやや持ち直したかに見えた。熱はひどく高かったが、彼の意識ははっきりしていた。その日、風はほとんどなく、船は滑るようにインド洋を進んでいた。柴犬のタツノスケくんは給仕に、甲板に連れていって海を見せてもらいたいと頼んだ。柴犬のタツノスケくんを世話していた一等給仕で秋田犬のヨシハラくんは、どうしようか悩んだあげく船医でジャーマン・シェパードのムラヤマくんに相談した。ジャーマン・シェパードのムラヤマくんは「好きなようにさせてあげなさい」と答えた。柴犬のタツノスケくんは希望通りデックチェアに横たわると、蒼空《あおぞら》に浮かぶ熱帯の眩しい積乱雲を見つめた。彼は昔から蒼空を眺めると気持ちが安らいだ。『浮雲』第三篇が発表された直後、彼は掲載されていた雑誌「都の花」の頁《ページ》を開き、歩きながら、自らが精根傾けて書き上げた『浮雲』を読んで、絶望にうちのめされたことがあった。柴犬のタツノスケくんには、とてつもない失敗作としか思えなかったのである。その時も、柴犬のタツノスケくんは雑誌を手にしたまま、気持ちが落ちつくまでしばらく蒼空を眺めていたのだった。ぼんやりと蒼空を眺めている彼に、給仕で秋田犬のヨシハラくんが「間もなくシンガポールに着きます、あと一週間です」と話しかけた。柴犬のタツノスケくんは、少しもつれる舌で微笑《ほほえ》みながら「シンガポールに着いたら、浴衣がけで散歩などしたいね。マレーストリートを」と答えた。彼はしきりに氷を欲しがった。給仕が氷を持って来ると、柴犬のタツノスケくんはぢいっと目を瞑《つむ》っていた。そして再び目を開かなかった。

＊

柴犬のタツノスケくんは、デックチェアに凭《もた》れ、インド洋の風を感じていた。暖かいはずの風も、末期の結核のため、体温が39度を下がらない柴犬のタツノスケくんにとっては、ひんやりした涼感を運んでくるような気がした。

柴犬のタツノスケくんは、ずっと口を開けたまま、喘鳴《ぜんめい》のような響きをたてていた。流れ出た唾液を浅速呼吸《せんそくこきゅう》によって蒸散させ、温度を下げる際に、どうしても、そのような音響を発するのである。

「どうもいけない。鼻が乾いて、風向きがわからない」誰にいうわけでもなく、呟くように、柴犬のタツノスケくんはいった。

「幾ら短毛だといっても、全身に毛が生えている上に、服を着ているのだから、暑くてたまらない。これなら、苦しくとも、往きと同じように、シベリア鉄道を利用すればよかった」

柴犬のタツノスケくんは、シベリア鉄道に乗ってロシアに向かった、一年前のことを思い出した。わたしはなぜ逃げるように日本を離れたのだろう。もう、この国では、なにもすることがない、と思ったのだろうか。

その時であった。柴犬のタツノスケくんは、呻《うめ》くようにいった。

「ナツメさん」

柴犬のタツノスケくんは、目の前に、秋田犬のナツメさんの姿が現れるのを感じた。そして、そんなことがあるはずがない、と思い直した。ここは、どこだ？　インド洋上ではないか。

「こんなところでなにをしているのですか？」秋田犬のナツメさんは、微笑みながら、柴犬のタツノスケくんに話しかけた。

柴犬のタツノスケくんは、秋田犬のナツメさんを凝視した。すると、強張《こわば》っていたなにかが、緩《ゆる》やかに、ほどけていくような気がした。柴犬のタツノスケくんは、親しげな調子でこういった。

「もう、くたばりかけているのです。クタバッテシメイというところからつけた名前通りの最期を迎えようとしているのですよ、秋田犬のナツメさん」

「そんな弱気なことで、どうするのです」秋田犬のナツメさんは、怒ったように、少し声を荒げて、いった。

「あなたが始められた仕事は、まだ、その端緒《たんしょ》についたばかりではありませんか。ニッポンの犬たちに新しい言葉を与える、という、偉大な事業は」

「それが、いけない」柴犬のタツノスケくんは、喘《あえ》ぎながらいった。

「犬に言葉などいらなかったのです。キャンキャン吠えていれば、それで幸せだったのです。言葉など知るのではなかった。言葉は……言葉は……不正確です」

「そうでしょうか?」

「そうですとも」苦しい息を吐きながら、柴犬のタツノスケくんはいった。

「我々には、なにより圧倒的に豊かな嗅覚があったではありませんか。目を閉じ、少し頭を上げ、風に向かって鼻孔を広げるだけでよかったのです。我々は、三キロ先に落ちているのが、コロッケなのかメンチカツなのか、さらに、それを揚げた油が、古いものなのか、新しいものなのか、そこまで判別することもできた。なにかが我々の前に現れる一キロ先から、それが、敵なのか味方なのか識別することもできたのです」

「キャン」秋田犬のナツメさんは、いきなり、小さく吠えた。

柴犬のタツノスケくんは、不思議そうに目を細め、だが、本能にかられて、秋田犬のナツメさんと同じように、小さく吠えた。

「キャンキャン」

「グルルル」

「クゥーン、クゥーン、ワン」

「ワンワン、ワンワン、ワンワン」

「ワワンワワンワン、ワンワンワン」

「ワワンワン、ワワンワワン、ワワン？」

「キャイーン、キャイーン、キャワーン」

「ワォワォ、ワォーン。ワンワン」

「ワンワンワンワンワンワンワンワ、ワワーン、ワワーン、ワワーン！」

「ワワンワワン、ワンワン、ワワンワワン、ワンワン？」

「ワッフーン、ワワンワワンワワン」

「柴犬のタツノスケさん」秋田犬のナツメさんは、また、言葉に戻って、いった。「吠えるのは、確かに楽しい。わたしも、いつまでも、こうやって、こうやってただ吠えていられればと思う。しかし、もう、過去には戻れないのです」

「ワン、いや、秋田犬のナツメさん、そうでしょうか。新しい時代が来て、なにより、言葉が必要だとみんなが思うようになった。わたしも、そのことを信じた。そして、『ワンワン』としかいえない、父や祖父を、恥ずかしいと思った。地べたを這い回る、彼らの姿をみっともないと思った。後ろ足を上げて、電信柱に小便をする彼らの姿を見て、あさましいと思った。だが、それは、我々の傲慢《ごうまん》だったのではないでしょうか。服を着て、洋書を読み、ビールを飲むのが、文明だとでもいうのでしょうか。お互いの尻に鼻面《はなづら》をくっつけて臭いを嗅ぎ合うのは野蛮で、肉球で持ちにくい指に無理矢理ペンを握らせて文字を書くのが文化だとでも。馬鹿馬鹿しい」

「では、なぜ、柴犬のタツノスケさんは、あんなことを始めたのです。たとえば、あなたの翻訳に、世話にならなかった作家はいないでしょう」

「わたしは」柴犬のタツノスケくんは、苦々しげにいった。

「犬の吠える声を、きちんと翻訳してみようと思いました。犬の吠える声には、一種の音調があります。音楽的なのです。それを、きちんと言葉に移し替えようと思った。いやしくも、翻訳というからには、その音調をも移し替えねばならないと思った。だから、ピアリアドやコンマの位置にまで気をつかった。だが、どうだろう。できあがったものは、元の音楽とはほど遠いものだったのです」

「だが、あなたの翻訳を悪くいう者はいない」

「いくら誉められても、見当違いだから、嬉しくもなんともありません。いったい、どうして、あんなものがいいと思われるのだろう。わたしには、さっぱりわからない」

「では」秋田犬のナツメさんは、愁《うれ》いを帯びた顔つきで、いった。

「柴犬のタツノスケさんは、言葉など覚えるのではなかったとおっしゃるのですか」

「端的にいうとそうです」柴犬のタツノスケくんもまた、深い愁いに満ちた顔つきで答えた。

「だが、一度、覚えた言葉を、我々はもう忘れることはできません。『あれ』以来、我々は」

秋田犬のナツメさんは、そういうと、押し黙った。「あれ」という言葉に、こめられた意味が、柴犬のタツノスケくんにはよくわかった。

デックチェアに力なく横たわる、柴犬のタツノスケくんの肩に、秋田犬のナツメさんは、前足を静かに置いた。

「『あれ』はいったい、どういうことだったのでしょう?」柴犬のタツノスケくんは、呟くようにいった。すると、秋田犬のナツメさんは、柴犬のタツノスケくんの乱れた髪を、優しく撫でながら、ゆっくりと話しはじめた。

「『あれ』が、いつだったのか、いまでは、よく思い出せません。なぜなら、わたしたちは、およそ時間というものを知らなかった。知っているのは、朝になれば、目を覚まし、夜になれば、犬小屋に入って寝る、ということだけだった。時間もなく、言葉もなかったから、わたしたちは自由だったのか。それは、もう、いまとなってはわかりません。『あれ』以前のことは、わたしたちにとって、高い壁の向こうの出来事なのだから」

「わたしは、覚えています」柴犬のタツノスケくんは、苦しげにいった。

「『あれ』の前の晩のことです。わたしは、ひどく不安でした。わたしは、犬小屋に寝そべって、空を見上げていました。空は高く澄みわたり、かつてないほど多くの星が、異様なまでに眩しい光を放っていました。わたしは、耳が異常に鋭くなっているのを感じました。山を幾つも越えた二十里向こうの、小さな村にいる雌の甲斐犬が、いましも六つ仔を産み落とそうとしていて、羊膜《ようまく》に包まれた六匹の仔犬が細い産道を通りすぎる音が、鮮やかに聞こえてきたぐらいでした。いや、もしかしたら、あれは幻聴だったのかもしれない。けれど、凍えきった宇宙を飛んで来た星々の光が、大気に突入する際発生するざわめきさえ聞こえてくるような気がして、眠りにつくことはできませんでした。最後に『主人』を見たのもその時のことです。いつの間にか、『主人』が、犬小屋の前に立っていました。そして、わたしを見おろしながら、なにか、しゃべっているようでした。『眠れる時に眠るがいい。もしかしたら、明日からは、深く眠ることなどできないかもしれないのだから』といったのです。いや、それは、ずっと後になって、言葉というものを知ってから、勝手に作り上げた、妄想なのかもしれないのですが」

柴犬のタツノスケくんは、苦しげに鼻を鳴らした。しかし、「あれ」は、ほんとうに起こったことだったのだろうか。翌日、柴犬のタツノスケくんが目を覚ました時、世界はすっかり変わっていた。いや、表面上は、ほとんど変わっていなかった。太陽は燦々《さんさん》と輝き、高い空の奥で、雲雀《ひばり》が鳴いていた。近所を徘徊する野良猫が、胡乱《うろん》な目つきで、柴犬のタツノスケくんを見つめて通りすぎ、どこかでカラスの鳴き叫ぶ声が聞こえた。柴犬のタツノスケくんは、「主人」が、朝食を持ってくるのを待っていた。

「わたしは、朝食を、ずっと待っていました。いや、朝食ではなく、朝食から開始される一連の、犬としての生活の始まりを待っていました。しかし、いつまでも、朝食は運ばれませんでした。太陽は高く昇り、昼が来ても、なにも起きませんでした。わたしは、それでも、辛抱強く、待ちつづけました。わたしの『主人』は、忘れっぽく、気分屋でした。きっと、低気圧が近づいているせいで、むしの居所でも悪かったにちがいない。それまでだって、何度も、食事をもらえないことや、散歩に連れていってもらえないことが、あったのです。だが、その時は違いました。『主人』はついに最後までその姿を現さなかったのです。その朝、世界中で、無数の犬たちが、そうやって無為の時間を過ごしました。わたしたちは、ずっと待っていたのです。しかし、『主人』たちはやって来ませんでした。

その日の朝、世界中で、『人』というものが、一人残らず、消失したのです。それ以来、わたしたちは混沌《こんとん》の中に投げ出されてしまいました」

秋田犬のナツメさんは、遠くを見るような目つきになって、こういった。

「それは、もしかしたら、わたしたちにとって、運命だったのかもしれませんね」

「『主人』たちが、いや『人』が、姿を消したことがですか？　それとも、『人』が姿を消し、無に帰そうとしていた世界を救い出すために、わたしたちが、言葉を覚えたことですか？」

「世界から、『人』の姿が見えなくなった時、わたしたちは混乱の極に陥りました。それは、なにかの間違いで、すぐに、彼らは姿を現す、と信じる犬たちも多かった。

そういった連中は、街中をただ吠えながら、うろつき、時々、電信柱に小便をかけるだけで、他には、なにもしませんでした。一日がたち、二日がたち、三日が過ぎ、『人』の消失が、絶対的で、全体的で、不可逆的であるとわかっても、多くの犬たちは、それを信じようとしませんでした。愚直に、犬小屋や、家の玄関の前に座りこみ、どこからか戻って来るはずの『主人』を待って、餓死する犬たちもいました。本能の赴《おもむ》くまま、ごみ箱を漁《あさ》ったり、レストランのガラスを破って中に侵入し、食物を探し回ることしか考えられなくなる連中もいました。嚙み合う犬が、殺し合う犬が、徘徊する犬が、苛立ちを隠すことができず破壊に明け暮れる犬が現れました。だが」

「だが、そのままにしておくわけにはいかなかった」柴犬のタツノスケくんは、目を閉じたままいった。

「わたしたちは滅びたくなかった。世界が滅びるのを、指をくわえて見ているわけにはいかなかった。では、どうすればいいのか。どうすればいいのか。目をぎらつかせて、街中を走りながら、わたしたちは考えたのです。なすすべもなく、このまま、時を過ごせば、ペットとして『人』の手によって生かされてきたわたしたちの

『歴史』は終わるだろう。そして、僅《わず》かに残された、か細い『本能』とやらだけを頼りに、暗い世界の中をあてもなく、さまようのだ。わたしたちに、なにができる？　さあ、考えろ。そして、わたしたちは、奇妙な結論に達したのです。つまり、この『世界』を、『人』が作り上げた『世界』を、継承しようという結論に」

「柴犬のタツノスケさま」

柴犬のタツノスケくんは、自分を呼ぶ声に目を微《かす》かに開けた。すると、目の前には、秋田犬のナツメさんではなく、同じ秋田犬だが、給仕のヨシハラくんの姿があった。

「どうかしたのかね、給仕で秋田犬のヨシハラくん」

「いいえ。うなされておいでのようでしたので、声をおかけしました。余計なことだったかもしれません」

「わたしは、うなされていたのか？」

「はい」

「そうか。少し、夢を見ていたらしい」

「どのような夢を？」

「古い友人と話している夢だ」

「それは、良うございましたね。柴犬のタツノスケさま、また、氷をお持ちしましようか？」

「ああ……。給仕で秋田犬のヨシハラくん」

「はい。なんでございましょう」

「きみには、ずいぶん世話をかけた。感謝している」

「とんでもない。柴犬のタツノスケさまのお世話をできて光栄でございます」

「光栄だって？」

「はい。柴犬のタツノスケさまは、かつてない、貴重なお仕事をなさったと伺っております。船長、そして船医でもあるジャーマン・シェパードのムラヤマさんからも、柴犬のタツノスケさまは大事なお方なので、粗相《そそう》がないよう、気をつけるよう申しつかっております」

「わたしが、どんな貴重な仕事をしたというのだ」柴犬のタツノスケくんは、ひとりごとを呟くようにいった。すると、給仕で秋田犬のヨシハラくんは、質問されたと勘違いして、次のように答えた。

「新しいニッポン語をお作りなさったのです」

「猿真似《さるまね》……いや、単なる、人真似さ」

「『人』ですか？　柴犬のタツノスケさま、その『人』というのは、何のことでございますか？」

柴犬のタツノスケくんは、給仕で秋田犬のヨシハラくんの顔を、不思議そうに眺めた。

「きみは、幾つになる」

「数えで、四歳になります」

「『人』というもののことを聞いたことはないのか？」

「そういえば、父が祖父と話しているのを聞いたことがあります。絶滅した生きものなのでございますか？」

「ある意味ではそうだ。『人』というのは、わたしたち以前に、この世界を支配していた生きものだ。支配というか、とにかく、その『人』という生きものは、わたしたちを飼っていたのだ」

「『飼っていた』とおっしゃいましたか？」

「ああ」

「わたしたちは奴隷《どれい》だったのですね」

「まあな。その頃、わたしたちは裸で、服など着ている者はほとんどいなかった。四つ足で地面を這い回り、首に縄をつけられて、無理矢理散歩をさせられたりしたのだ。食事をとる時も、もちろん、四つん這いだったわけさ」

「それは、ひどい！」給仕で秋田犬のヨシハラくんは呻くようにいった。

「その『人』というのは、ひどく残酷な生きものだったのですね。柴犬のタツノスケさまは、その頃のことをよく覚えていらっしゃいますか？」

「覚えていることもある……だが、忘れてしまったことも多い。それほど時間はたっていないはずなのに、何世紀も前のような気がするのだ」

「左様でございますか。柴犬のタツノスケさまは、その……憎むべき『人』というものから、我々を解放するために、『革命』をなさったそうですね」

「誰がそんなことをいったのだ？」

「誰が、というわけではございません。船内でのもっぱらの噂でございます」

「わたしは、誰も解放しようと思ったことはない。『革命』をやろうと思ったことも。給仕で秋田犬のヨシハラくん」

「はい」

「きみは、そのトレイを持ち運ぶのに、苦労したことはないかね」

「別に。慣れておりますもので」

「そのトレイを持つのに、わたしたちの前足の掌の形状は適してはいない。なぜなら、そのトレイは、もともと、『人』の『手』に合わせて作られたものだからだ」

「そうなんですか！　まったく、知りませんでした」

「それに……もう、いい。少し話しすぎたようだ」

「お疲れのところ、おしゃべりをして、申し訳ありませんでした。氷以外で、なにか、ご用はございますか？」

「特に、ない。用事があれば、呼ぶから。ありがとう」

「失礼いたしました。暑くはございませんか？」

「大丈夫だ。庇《ひさし》の下にいるから、直接、陽の光があたるわけではない。こうやって、風にあたっていると、心地いいのだ」

「それでは、お休みなさいませ。後ほど、氷をお持ちいたします」

給仕で秋田犬のヨシハラくんは、首をかしげるように礼をすると、踵《きびす》を返して、船室に戻っていった。

ひとりになった柴犬のタツノスケくんは、目を閉じた。軀《からだ》は重く、前足も後ろ足も、自由に動かすことはできなかった。柴犬のタツノスケくんは、それから、少しの間、眠りと覚醒の間をさまよっていた。うっすらと瞼《まぶた》を開けると、ちょうど目の前の高さに、インド洋の水平線が見えた。太陽は、いつの間にか、東から西へ移り、海面に複雑な光のハレーションを引き起こしていた。

「眩しい」柴犬のタツノスケくんは囁《ささや》くようにいった。

「そして、美しい。この世のものとも思えぬ光景だ」

そう囁く、自分の声が、なぜか口もとからではなく、遠くから聞こえてきた。

「不思議なことがあるものだ。自分がしゃべる声なのに、遥か遠くから響いてくる。これは、いよいよ、ということなのだろうか」

柴犬のタツノスケくんは、微笑みを浮かべた。すると、どこからか、女の声が聞こえてきた。

「情けないことをおっしゃるのね」

「まったくだ。その程度のことで、いよいよ、とはね」

紀州犬のナツコさんと、土佐犬のキタムラさんだった。紀州犬のナツコさんも、土佐犬のキタムラさんも、生きている時と少しも変わらない、若々しい姿のままだった。

「紀州犬のナツコさん……、土佐犬のキタムラさん……、わたしに会いに来て下さったのですか」

「そんなところでなにをなさっているの、柴犬のタツノスケさん」

「わたしは……わたしは、いま……生涯の最期の時を迎えようとしているのです」

「まあ、おかしなことをおっしゃるわね。そんなに、元気で若々しいのに」

そこは、神田猿楽町の、柴犬のタツノスケくんが生まれ、そして育った家だった。その猿楽町の、懐かしい土蔵の中に、柴犬のタツノスケくんはいた。

「それで『浮雲』の続篇はお書きになるの？」紀州犬のナツコさんが訊ねた。

「『浮雲』の続篇はありません」柴犬のタツノスケくんは、意気消沈したようにいった。

「なぜ？　あれは素晴らしかった。我々、犬族の内面を、あれほど正確に書き記したものは、いまだかつてなかったのに」土佐犬のキタムラさんは、蒼白な顔つきのまま、けれども柔和《にゅうわ》な目つきで、訊ねた。

「オ続ケニナルベキデアリマショウネ」

不思議な言葉づかいをする者がいるものだ、と柴犬のタツノスケくんは、声のする方に振り向いた。ジャーマン・ポインターのエリス・ヴァイゲルト嬢だった。すると、その横に座り、ジャーマン・ポインターのエリス嬢の髪を優しく撫でている軍服姿の犬は、甲斐犬のモリさんではないだろうか。

柴犬のタツノスケくんの胸の中に熱いものが溢れた。

「かつて、『人』がいたことを、わたしたちは忘れようとしています。ここにあるもの、このように、この世にあるものは、みんな、『人』が作ったのです。けれど、あの時から、『人』は姿を消しました。その衝撃から立ち直るために、わたしたちもまた、途方もない犠牲を払ったのです。わたしたちが、わたしたちのものだ、と思いこんでいるものは、どれも、『人』が作り、それから、置き去りにしたものばかりです。そして、この世界を崩壊から救うためには、わたしたちは、それを受け継ぐ必要があったのです。わたしも、乏しい力ではありますが、全力で、その事業に参加しようとしました。だが、わたしは、ほんとうは、新しい言葉を作りたかったのではありません。わたしは……わたしは、ただ『あの方』がやろうとなさったことを続けようと思ったのです。『あの方』は、いつも、この薄暗い土蔵にこもり、背中を丸めて、机に向かっていました。『あの方』は、母親から『一橋の外国語学校を出たというのに、読本屋になぞなるなんて、おまえは、ハセガワの家の面汚しだ』といわれると、寂しげに肩をすくめて、土蔵に戻り、それからまた、机の上に広げた紙に、いつまでもなにかを書きつけていらっしゃいました。わたしは、犬小屋ではなく、その土蔵の『たたき』の上に腹這いになって、『あの方』が仕事をしている姿を見るのが、なにより好きでした。『あの方』は、哀れな捨て犬のわたしを拾ってくださったのです。夜露をしのぐ場所と、その日の食い扶持《くぶち》を探す日々から救ってくださったのです。『あの方』は、仕事に飽きると、わたしのところに来て、跪《ひざまず》き、わたしの頭を撫でながら、こうおっしゃいました。『おまえは、ほんとうにポチに似ている。ポチというのは、わたしが幼い頃飼っていた犬の名前だ。わたしにとって、ポチは犬だが、犬以上のものだった。一寸《ちよつと》まあ、弟……でもない、弟以上だった。なんというか、命だった。第二の命だったのだ。だが、ポチは、殺されてしまった。わたしはそのことをずっと悔いてきた。わたしはポチを守ることができなかった。ポチを守ることさえできぬのに、ほかになにができよう。ポチは呑気な性格だった。まったく悪意のない犬だった。なぜ、わたしは厳しく躾けて、人は皆悪魔だと教えなかったのだろう。なまじ可愛がって育てたために、無邪気な犬になり、無邪気な犬であったがために、残酷で酷薄な人間の手によって、非業の死をとげることになったのだ。わたしは、もう二度と、そんな目にあわせたりはしない。おまえを必ず守るから』と。わたしは、『あの方』の、その言葉を忘れたことはありませんでした。あの、禍々《まがまが》しい出来事の後、わたしは、ずっと考え続けました。わたしに、なにができる？　一介の犬にすぎぬわたしに、なにが？　わたしは……わたしは『あの方』がいつか帰っていらっしゃると信じています。この世界を、いや、わたしを置いたまま、戻って来ないなどということはありえないと思っています。だとするなら、わたしは、『あの方』がいない世界で、『あの方』がいつ戻ってもいいように、準備をしておくべきではないかと思ったのです。世界を保存するために、もっとも必要なものは……言葉なのです。

言葉の中に、すべては、保存されます。だから、わたしは、言葉を作ろうと思ったのです。だが、そもそも、言葉のない世界に住んでいたわたしたちにとって、言葉を身につけることは……苦痛でした。事件の記憶のない者たちは、言葉を軽やかに使うことができる。けれども、わたしは、言葉を軽く使うことができません。どうして、もともと『人』のものであったものを、まったく異なる種族である、わたしたちが、同じように使いこなせるでしょう。それは……不可能なのです。このことに……どうして……どうして」

「グルルルルゥゥ」紀州犬のナツコさんが囁いた。

「ググッググッググッググッ」土佐犬のキタムラさんも唱和するように、喉の奥から声を出した。

「グルッグルッグルルルル」ジャーマン・ポインターのエリス・ヴァイゲルト嬢が低い囁きで、彼らに続いた。

「バウワウバウワウワウワウワウフゥゥゥ……」甲斐犬のモリさんは、むせび泣くような低い声を発した。

「キャンキャン……キャイーン……グルルグルル……グルッグルッグルッ」

柴犬のタツノスケくんが最期に発したのは、犬としての叫び声であった。ほんとうに、柴犬のタツノスケくんが使うことができる言葉は、それしかなかったのだ。柴犬のタツノスケくんは、満足そうに見えた。なぜなら、懐かしい犬たちが、周りにいて、彼を名残惜しそうに見送っていたからである。柴犬のタツノスケくんは、犬の言葉で、さようなら、といおうとした。だが、その言葉が、あるいは、叫び声がなにであったか、彼には、思い出すことができなかった。

柴犬のタツノスケくんは、ぢいっと目を瞑っていた。そして再び目を開かなかった。

宇宙戦争

電話が鳴っていた。

おれの携帯の着信音はベートーヴェンの第五交響曲「運命」の「ン・タ・タ・タ・ターン！」だ。

その前には、チャイコフスキーの「悲愴」のテーマを使っていた。あんな悲しい曲はない。だが、問題があった。着信音が鳴ると、聞き入ってしまうんだ。

チャララ・チャララ・チャーララ、チャララ・チャララ・チャーララ、チャーララ・ラララ、チャーララ・ラララ、チャララ・ラララ・ラ・チャーララ。

そのあたりで、ちょうど、自動的に留守電に切り替わる。ただいま留守にしております。ご用の方は。ピー。だから、おれは、電話に出られた例《ためし》がない。

おれは、電話に出るために、着信音を「運命」に変えた。それなら、短い。聞き入って、返事をするチャンスを逃す心配はない。

「ン・タ・タ・タ・ターン！」

だが、「運命」にも問題があった。というか、ベートーヴェンに問題が。「ン」がわからない。冒頭の休符が。どうして、いきなり「タ・タ・タ・ターン！」とならないのか。ベートーヴェン、どういうつもりだ？　余裕があるところを見せたいのか？　あんた、どんな問題を抱えていたんだ？　耳が不自由だったという噂、ほんとうなのか？　なんだか嘘くさいぜ。

おれは、ベートーヴェンのことを考えながら、しばらく「ン・タ・タ・タ・ターン！」を聞いていた。

四回、五回、六回。「運命」が、おれのドアをノックし続けていた。


入ってますか？

入ってないよ。

じゃ、あんた、誰？

おれは、おれだ。

入ってるじゃないか。

わかってるんだったら、訊くなよ。
そういうことじゃない。
「そういうこと」って？
だから、おれは、トイレに入りたいわけじゃない。
そうなの。じゃ、なに？
おれは、あんたの運命だよ。
じゃあ、それ、ドアの前に置いてって。
それで、いいの？
いいよ。印鑑《いんかん》は？
いらない。

七回、八回、九回、十回、十一回、十二回。なんてしつこいんだ。もしかしたらご融資枠が残っておりますが、ご利用はいかがですか、という、サラ金からの電話なのか？
おれは、ドアを開けて「運命」を迎え入れた。男の声だった。渋い、いい声だ。

少なくとも、声に関してなら、合格点はやれる。でも、なにに合格するんだ？

「宇宙戦争がはじまったよ」

「なんだって？」

「宇宙戦争がはじまったって、いってんの」

「あんた、誰？」

「おいおい、人が、親切に最新情報を教えてやってんのに、ありがとうの一言もなしかよ」

「ありがとう。あんた、誰？」

「誰でもいいだろ。忙しいから、もう切る」

「ちょっと、待って。宇宙戦争って、なんだ？」

「宇宙戦争は宇宙戦争だよ、バカ」

電話が切れた。さて。おれは、暗闇でも見えるように、針と目盛に蛍光塗料を塗った時計を見た。午前三時。おれは、寝ているところから、やり直すことにした。おれは、すぐに寝た。そして、夢を見た。いい夢だった。宝くじで三千円当たった夢だ。

また、電話だ。

「ン・タ・タ・タ・ターン！」

おれは、反射的に時計を見た。午前三時五分。まだ、五分しかたってない。

「ン・タ・タ・タ・ターン！」

やはり、「運命」はよそう。気が滅入《めい》る。この次の着信音は、メンデルスゾーンの「結婚行進曲」にしよう。待て。それも、なんだか。

「宇宙戦争がはじまったわ」

今度は女の声だ。アニメ声っていうのか？　人によっては、催《もよお》すかもしれない。おれは、違うが。

「宇宙戦争がはじまったのよ。聞いてる？」

「そのまま、あんたの声を聞かせてくれ。子守唄代わりにするから。おやすみ」

「礼儀を知らないのね。こんな夜中に、緊急情報を教えてあげてるっていうのに」

「むむ。礼儀を知らないのは、あんたじゃないの？　いったい、いま、何時だと……」

「寝てる場合じゃないでしょ！　もう！　緊急事態よ！　わかった？　宇宙戦争がはじまったのよ！　わかった？　もう切るわよ」

「ちょっと、待った」

「なに？」

「五分前にも、同じような電話があったんだ。あんたら、同じ会社の人？」

「偶然に決まってるでしょ！　こんな時に、もう、つまらないこと、訊くんじゃないわよ！　とにかく、急いで」

「なにを？」

「そこまで教えなきゃいけないの？」

電話は切れた。番号は非通知だ。かけ直すこともできない。宇宙戦争？　それが、どうした。おれは考えた。おれには頭がある。たぶん。帽子を載せるためだけに存在しているわけじゃない。こういう時に、考えないで、どうする。宇宙戦争？　はあ？　たちのわるいイタズラだ。夜中に電話をかけ、寝ている善良な市民を叩き起こして喜んでいるのだ。バカどもめ。どうせ、話すなら、もっと、もっともらしいことをいえよ。たとえば、たとえば……楽天が優勝したとか。

「ン・タ・タ・タ・ターン！」

三時一〇分。

「ン・タ・タ・タ・ターン！」

ベートーヴェンならどうしただろう。なにもしやしない。涎《よだれ》を垂らして、寝ているだけだ。耳が聞こえないんだから。

「ン・タ・タ・タ・ターン！」

おれは、携帯を握りしめた。今度は先手をうつことにした。まず、おれの方から話すのだ。

「宇宙戦争がはじまったっていうつもりだろう」

「知ってんのか？」

相手は驚いたように答えた。刑事コロンボみたいな声のやつだった。もちろん、吹き替えの刑事コロンボだが。

「知ってるよ」

「じゃあ、もういい。さよなら」

「おい、ちょっと待て」

「なに？」

「あんたら、それが仕事なのか？」

「あんたら？　仕事？　なんのこと？」

「だから、夜中に、いきなり電話をかけてきて、宇宙戦争がどうとか……」

「ほんとは、知らなかったんだな」

「なにを？」

「宇宙戦争がはじまったことだよ」

「そういうことをいってるやつがいることは知ってる」

「テレビをつけろ！」

刑事コロンボの吹き替えの声をしたやつは電話を切った。そして、おれは暫《しばら》く待った。この次、電話をかけてくるなら、アンジェリーナ・ジョリーみたいな声の女がいい、とおれは思った。待てよ。アンジェリーナ・ジョリーって、どんな声だ？

おれは、携帯の電源をＯＦＦにして、寝ることにした。

でも、寝られなかった。ぜんぜん。夜中に三度も「ン・タ・タ・タ・ターン！」を聞いたせいだ。

時計を見た。四時。おれは、テレビをつけた。ＮＨＫだ。画面が明るくなった。アナウンサーが映った。なにか、しゃべっている。後ろの髪が立っている。寝癖だ。おーい、誰か、そいつに注意してやれよ。なにも聞こえない。音量がゼロになっている。おれは、リモコンで音を大きくした。


「……宇宙戦争がはじまります。繰り返します。宇宙戦争がはじまります。しかし、なにも慌てることはありません。政府の指示に従って、きちんと行動してください。繰り返します。本日未明、政府は、宇宙戦争がはじまることを発表しました」

「宇宙戦争……って、ほんとうだったのかよ！」

「ほんとうです。残念ながら」とアナウンサーはいった。

「宇宙戦争ということは、宇宙人が攻めてきたってことか？」

「そういうことになりますね」

「どんな宇宙人？」

「わたしには、わかりかねます。わたしは、ただ、渡された紙を読んでいるだけですから」

「おれは、どうしたらいい？」

「きちんと行動してください、と書いてあります」

「この戦争、勝ち目はあるの？」

「見当もつきません」

「あんた、どうするの？」

「この放送が終わったら、女と逃げます。もう、三年も付き合ってるんです。彼女が入局してからずっと。まあ、先輩として指導する立場にあったのが、徐々に愛に変わっていったってことですね。女房も薄々感づいてますが」

「ああ、やつら、超能力を持ってるからな」

「そうでしょう？　あんなに用心深く、連絡も、携帯は一切使わなかったんですよ」

「あんた、テレフォンカードを使って、公衆電話から、女に連絡していたろ？」

「はい……なんで、わかるんです」

「それが、いけないんだ。あんたの女房は、あんたの財布の中のテレカを見つけたんだ。携帯を持ってるのに、そんなの不自然じゃないか」

「なるほど！」

「しかし、女と逃げて、どうするんだ？」

「先のことなんか考えてませんよ。宇宙戦争がはじまるんです。世界の終わりですよ。わたし、局の金も使いこんでるし。どのみち、逃げるしかないわけで」

「なるほど。じゃあ、彼女によろしく」

「はい。それでは。ええっと、宇宙戦争がはじまります……」


おれは、テレビを消した。なるほど。そういうことか。宇宙戦争がはじまるってだけの話じゃないか。おれは、もう一度、寝床に戻り、布団を頭の上までかぶった。それから時計を見た。四時半。おやすみ。

おれは、目覚めた。

午前五時。ずいぶん寝たような気がする。いや、間違い。ここに来てから、もう何年も、寝たことがないような気がする。寝るというのは、どういうことだろう。まるで、わからない。

おれは、ゴソゴソと仕事着に着替え、宿直室を出た。見回りの時間だ。懐中電灯と携帯、それにビニール袋にビニールの手袋。その他もろもろ。携帯は、警察か病院か葬儀屋に連絡するためのものだ。

廊下は暗い。電灯が所々についている。そこだけがちょっと明るくて、あとは暗い。闇の中へと廊下は向かっている。その先にあるのは、地獄なのかも。

キンジロウさんの部屋から物音がする。おれは、キンジロウさんの三畳間の障子《しょうじ》を開けた。男が布団の上に正座して、中空を見つめている。

「キンジロウさん」おれは優しくいった。

「おはよう」

「おかしなことをいうな。いまは五時だよ」

「いや、あんたのいう通り、五時だよ。朝の五時」

「夕方の五時だよ」

「朝の五時だよ」

「ほんとに？」

「ほんと」

「夕方の五時だろ？」

「朝の五時」

おれは、キンジロウさんの返事を待つ。だが、キンジロウさんは、返事をしない。目を開けたまま眠っている。涎が垂れ、頭がぐらぐら揺れている。しかし、これで眠っているのだと思っていると、いきなり、「五時だよ、夕方の」といいだしたりするから、油断ならない。

キンジロウさんは九十歳だ。キンジロウさんは、よく寝る。いや、寝ない、というのかも。つまり、キンジロウさんは、四日眠って、三日起きるというリズムで生きている。ここに来た時には、一日眠って、一日起きる、それが、キンジロウさんの睡眠のリズムだった。それが、二日眠って、二日起きる、になり、四日眠って、三日起きる、になったのだ。起きてる時間は一日しか増えなかったのに、眠ってる時間は二日増えたのだ。それが、どういうことなのか、おれにもさっぱりわからない。

そのうち、キンジロウさんは、十日眠って、五日起き、一ヵ月眠って、十日起きるようになるのかもしれない。

もっとも、起きているといったって、寝ているのと、ほとんど変わりはないのだが。

おれが、ここに勤めはじめた時、二年眠っている爺さんがいた。

「いわゆる『植物状態』なんですか？」おれは、ここのエラいやつに訊いた。

「違う」そいつは答えた。

「眠ってんだよ」

「起きるんですか、この人？」

「この前は、半年眠って、一ヵ月起きてた。だから、たぶん、起きるんじゃないかな」

その爺さんは、それから一年たって起きた。

起きていたのは三日の間だけだった。そして、また眠った。何年も。今度はいつ起きるのか。そう思っていたら、目覚めなかった。五年たって、その爺さんは亡くなった。もしかしたら、あれは死んだように寝ていただけで、あのまま放っておいたら、生き返ったのかもしれなかった。
ゴウゾウさんの部屋から声が聞こえた。
「エンジンの音轟々と　隼は征《ゆ》く雲の果　翼《よく》に輝く日の丸と
胸に描きし赤鷲の　印はわれらが戦闘機
寒風酷暑ものかはと　艱難辛苦打ちたえて
整備に当たる強兵《つわもの》が　しっかりやって来てくれと
愛機に祈る　おやごころ」
そこまで歌うと、また、ゴウゾウさんは元へ戻った。
「エンジンの音轟々と　隼は征く雲の果　翼に輝く日の丸と
胸に描きし赤鷲の　印はわれらが戦闘機……」
ゴウゾウさんは、そこの部分だけを、繰り返し、一日中歌っている。おれは、障子を開けた。臭い。ものすごく。おれは布団の上に座っているゴウゾウさんを、ゆっくり仰向けに倒した。
「寒風酷暑ものかはと　艱難辛苦打ちたえて
整備に当たる強兵が　しっかりやって来てくれと

愛機に祈る　おやごころ」

それから、ズボンを脱がせ、オムツをはずした。ウンコが溢れている。おれは、オムツをビニール袋に入れ、ウェットティッシュで尻を拭き、ズボンを替え、ついでに、シーツも変えた。

「エンジンの音轟々と　隼は征く雲の果　翼に輝く日の丸と
胸に描きし赤鷲の　印はわれらが戦闘機」

すべてが完了すると、おれは、ゴウゾウさんを元の位置に戻した。

「寒風酷暑ものかわと　艱難辛苦打ちたえて
整備に当たる強兵が　しっかりやって来てくれと
愛機に祈る　おやごころ」

ゴウゾウさんの部屋を出ると、廊下に、ヤヨイばあさんが座りこんでいた。

「すいません」ヤヨイばあさんがいった。

「マサヨはどこにおるとね」

マサヨというのは、四十年前に亡くなった、ヤヨイばあさんの一人娘のことだ。

「はて、どこじゃったろう」

「探しよるんじゃが、見当たらん」

「おれが、探しちゃるけん、部屋に帰りんさい」

「はい」

おれは、ヤヨイばあさんが座りこんでいたところにできた水たまりを雑巾で拭き、それから、ヤヨイばあさんのオムツを替え、着替えさせた。

誰かが、どこかで叫んでいる。廊下の奥からは、歌も聞こえてくる。おれは、ちょっと休むことにした。おれのオムツを替えてくれるやつは、どこにもいない。


おれは、宿直室にたどり着いた。いまは、何時だ？　いや、ここを出てから何日たったのだろう？　わからん。時間とはなんだ。

おれは、茶碗にインスタントのお茶を入れ、魔法瓶のお湯を注《そそ》いだ。それを飲んだ。おかしな味がした。それから、賞味期限が三ヵ月前に切れているどら焼きを食べた。そっちもおかしな味がした。

携帯が鳴っている。

「ン・タ・タ・タ・ターン！」

いや、少し、違う。

「ン・タ・タ・ン・ターン！」

冒頭の「ン」の他に、もう一つ「ン」がある。おれは、耳を澄ました。間違いない。なんて、間の抜けた音なんだ。おれは携帯をとった。

「おはよう、しょくぱんまん」

「……」

「おはよう、しょくぱんまん」

「……」

「おはよう、って、おい、どうした！　聞いてんのか、しょくぱんまん！　なに、どら焼きを持って、突っ立ってんだよ」

「見えるの？」

「おまえも、おれが見えるだろ？」

「ほんとだ！　あんた、誰？」

「おいおい。なに、ばかなこといってんの」

「いや、ほんとに、あんたが誰だか、わかんない。だいたい、おれ、いまものすごく、疲れてるんだ。切っていい？」

「ちょっと、待った！」

「いやだ。待たない」

「少しだけ説明させて。お願いだから」

「十秒だけやるよ。説明の時間。はい、スタート！」

「おれは『秘密戦隊』の局長で、あんたは、そこの隊員。さっき、宇宙戦争がはじまって、地球のあちこちに潜入している隊員に招集がかかった。以上」

「わかったよ、爺さん。あんたも、うちに入った方がいい。面倒は見てやるから」

「なあ、しょくぱんまん。おまえが、きつい職場にいるのはわかってるけど、現実を見つめろよ。そこの壁のところに、鏡があるだろ。見てみな」

おれは、携帯を手に持ったまま、鏡のところに行って、覗きこんだ。

「わあっ！」

巨大なしょくぱんが、おれを見つめていた。オーケイ。おれは、携帯に向かって、こういった。

「おれは仕事のしすぎなんだ。わかってる。寝る時間もない。幻が見えたって不思議はない」

「しょくぱんまん、それ、幻じゃないんだ。おまえの、ほんとうの姿なんだよ」

おれは、もう一度、鏡を見た。どう見ても、しょくぱんだ。おれは、考えた。

「なんだか、『秘密戦隊』の隊員のような気がしてきた」

「そうだろ？　我々は、周りの連中に気づかれないように行動してるんだが、それが行きすぎて、自分が誰だったか忘れたりするんだよね」

「そうなの？」

「そうです」

「で、おれは、どうしたらいい？」

「いま、他の隊員を招集しているところだ。全員の招集が終わったら、集合する場所を教えるから、後は、そこで聞いて。それから……」

「ちょっと、待って。他から電話がかかってるから」

おれは、「局長」からの電話を保留にして、かかって来た電話に出た。携帯の画面には、なんだか、恐竜にも、ロボットにも、巨大なサボテンにも似たものが映った。

「Q－13号」

「…………」

「Q－13号」

「…………」

「Q－13号、返事しなさい！」

「はい……って、それ、おれのこと？」

「そうよ、Q－13号」

「じゃあ、間違い電話だよ。おれは、しょくぱんまんなんだって」

「わかってるわ。それは、世を忍ぶ、仮の姿、というか、仮の名前だってことも。どうかしたの？　顔色が悪いわよ」

「さっき教えてくれた人は、おれは、『秘密戦隊』の隊員で、しょくぱんまんという名前だって」

「だから、それは仮の名前なの。あなたは、ほんとうは、銀河連邦の特別戦闘員で、今度の戦争のために、何十年も前から、『秘密戦隊』に潜入していたの」

「今度の戦争って、宇宙戦争のこと？」

「地球人は、そう呼んでるわね」

「質問していい？」

「いいわよ」

「あんたたちが攻めてるわけ？」

「正確にいうと、銀河連邦が、天体1262121を攻めるのよ」

「理由は？」

「決まってるでしょ。環境汚染、汚職、不倫、甘いものの食べすぎ、美容整形、派遣社員への差別、ニート、鯨《くじら》の絶滅、こんなものを放っておいて、宇宙全体に広がったら、宇宙そのものの破滅よ」

「そうなの？」

「そうよ」

「それで滅ぼすわけ」

「そういうこと」

「でも、おれ、宇宙人のような気がしないんだが」

「Q－13号」

「…………」

「Q－13号」

「……。おれのこと？」

「そうよ。その携帯型双方向四次元通信機の『機能』ボタンを、ン・タ・タ・タ・ン・ターーン！って、押してご覧なさい。間違えないで、ン・タ・タ・タ・ン・ターン！、よ」

おれは、その恐竜にも、ロボットにも、巨大なサボテンにも似たもののやつのいう通りしてみた。「携帯型双方向四次元通信機」の画面から、一瞬、赤い光が点滅した。

「いいわよ。鏡を見て」

おれはいわれた通り、鏡を見た。おれは叫んだ。

「うわあ！」

「大丈夫？」

「なに、これ？」

鏡には、象の死体のようにも、潰れた蛙から飛び出た内臓のようにも見える、気持ちの悪いものが映っていた。

「Q－13号、それが、あなたのほんとうの姿なの」

「超グロい」

「仕方ないわね。あなた、何十年も地球に住んで、すっかり、地球の感覚が身についているから」

「ちょっと、待ってくれる？」

「いいわ」

おれは、保留にしておいた、「秘密戦隊」の局長に電話をかけた。

「お待たせ」

「しょくぱんまん、そこで、きみの任務だが」

「地球人が悪いんだって」

「なんのこと？」

「アダルト・ヴィデオ、SM、叶姉妹、豊胸疑惑のジャネット・ジャクソン、ノーパンでパーティへ行ったブリトニー・スピアーズ、それから、もちろん、パリス・ヒルトン、そういったものが宇宙に蔓延《まんえん》するのを防ぐために、宇宙人が攻めてくるんだってさ」

「侵略者は、いつも、それらしい理由をつけるもんだよ。やつらが攻めてくるのは、おれたちを食っちまうつもりだからだ」

おれは、「局長」からの電話を保留にして、おれを「Q－13号」と呼んでいるやつの方に出た。

「地球人を食うの？」

「まさか」

で、おれは「Q－13号」の方を保留にして、「局長」の方に出た。

「おまえの任務を伝える」

「ちょっと待ってくれる」

「なんで？」

「自分が誰だかわからないから、なにも決められない」

「おれだって、自分が誰なのかわからない。キリストもハムレットもアナキン・スカイウォーカーもそれで悩んだんだ。よくある悩みだよ」

おれは、携帯の電源を切ることにした。というか、それで、携帯型双方向四次元通信機の機能が停止したことになるのか、わからなかったが。

おれはしばらく、敷きっ放しの布団の上に寝そべって、天井の滲みを見つめていた。おれは、なんだ？　しょくぱんまん？　宇宙人？　マサヨさん？　みんな狂ってるのか？　そうかもしれん。

おれは、テレビをつけた。ＮＨＫだ。

「報道特別番組・宇宙戦争始まる」というのをやっていた。さっきのアナウンサーが深刻な顔つきでしゃべっている。寝癖は直っていた。誰かが注意したのだ。

「ご覧ください！　ＮＨＫが入手した極秘映像です。これは、ネヴァダ州の砂漠地帯に到着した、宇宙人の円盤から、宇宙人たちが地上に降りてくるところを撮影した貴重な映像です。実は、わたしも見るのは、初めてなんですが」

円盤から、特殊な服のようなものを身につけた「宇宙人」たちが降りてくるのが見えた。

ある「宇宙人」は、犬そっくりだった。その後から降りてくるのは、猿そっくりの「宇宙人」だった。その次に降りてきたのは、ウサギそっくりの「宇宙人」だった。

「これは、まあ、なんと申しますか……」

つまらん。おれはテレビを消して、宿直室の外へ出た。

薄暗い廊下に、チヨばあさんが立っていた。

「チヨばあさん、なにしてるの？」

「地球を征服するの」とチヨばあさんはいった。

それもいいだろう。おれは思った。その前に、オムツの交換だ。

変身

ある朝、不安な夢から目を覚ますと、オオアリクイは、自分が檻《おり》の中で、不格好な人間に変わっているのに気がついた。毛など一本もなく、横になり、体を丸めて寝ていたのである。頭をもちあげ、体を見た。毛がない手や足は不気味であることを通り越して、不思議であるように思えた。オオアリクイは、試しに、手と足を動かしてみることにした。動く……。しかし、この手や足はなんの役に立つのか？昔から、思っていたんだが、この爪では、シロアリの巣に穴を開けることもできない。この手では、ジャガーを絞め殺すこともできない。こんな細い足では、立って、子どもを産むのも無理だ。よく生きてるよな、人間は。

それから、ほんの少しの間、オオアリクイは考えてみた。なんか寒いんだけど、すごく。毛がないからだろうか。ほんとに、困るよな。なぜなら、オオアリクイの体温は、33度ないからだ。無駄に、36度以上も発熱している、他の哺乳類とは違うのである。オオアリクイは、いつも、その点に関して、怒りを禁じえなかった。食糧がなくなったとか、地球温暖化の影響が及んでいるとか、文句をいう前に、おれたちみたいに体温を下げてみろ！

どうして、オオアリクイだけが、そのような省エネ生活を実行しなければならないのか、実のところ、オオアリクイ本人にもわからなかった。伝統だから、というしかないのである。

体長が1メートル以上あって、体重も40キロ近くあっても、食べるシロアリの量は、1回にご飯茶碗一杯程度だ。別にダイエットをしているわけじゃない。

確かに、シロアリは高濃度タンパク質に恵まれている。けれど、あんなもの、美《う》味《ま》いわけないじゃん。苦いだけだよ。いや、ほんとのところ、噛まないから、味なんか噂で知ってるだけなんだけど。

そもそも、他の哺乳類はシロアリなんか食ったことがあるんだろうか。シロアリの巣に舌を突っこんで、舌にくっついてもがいてるやつを呑みこむんだが、そんなの食事っていわんだろ。食ったっていう充実感なんか皆無だし。だいたい、口の中から、食道にかけて、ちっちゃいやつらがずっと蠢《うごめ》いているし、なんかずっと騒いでるんだ。

「ひぃぃっ、暗いよお！」

「死にたくな〜い！」

「なんのために生きてきたんだ！　童貞のままで死にたくないよお！」

「神さま……」

「と、溶けちゃう……なんてことだ……」

シロアリたち、ウザすぎだろ。でも、おれは聴覚が良すぎるから、全部、聞こえてくるわけ。そういう生活をしてみろ、っつーんだよ。聖人君子みたいな動物になるか、おれたちみたいに、暗い性格の動物になるか、どっちかしかないんだから。

「いいよな、あんたら、楽で。食い物をいつも塔の中に飼ってるわけで、狩猟の必要なんかないんだから」とかクマのやつがいうんだけど、なにもわかってないね。1分間に150回もシロアリの巣に舌を差しこんでみろ！　疲れるんだよ！　時々、舌の筋肉がツッたりするんだから。クマとか、ほんとに、バカじゃね？　あればあるだけ食っちゃうでしょ、あの連中。おれたちは、ちゃんと計画的に食うからね。

シロアリの絶対量が減らないようにしてるわけ。共生の思想だよ。

それから、おれたちのことを「天国に近い動物」っていう人がいるよね。そういう伝説があるらしいんだ。知らない人は、インターネットで調べてみて。

南米の密林で、オオアリクイを密猟しているやつがいる（一応、おれたち、ワシントン条約で保護されてますので）。そんな連中がふりまいている伝説なんだ。

ジャングルの中をうろついていると、足下に、大量の銀色の軍隊アリが現れる。その瞬間、案内人たちは、あっという間に逃げてしまうはずだ。しかし、鈍感な密猟者は、逃げ遅れる。光り輝く軍隊アリが、服の中に入りこむ。もがいてもがいて、みんな、服を脱ぎ、全裸になって、軍隊アリをはたき落とそうとする。

そこに、突然、ゴールデンオオアリクイが出現するのである。夢のような光景だ。どこもかしこも、体中、光り輝いているから。

ゴールデンオオアリクイは、密猟者たちに近づく。密猟者たちは凍りついたように動けない。なぜなら、ゴールデンオオアリクイは、ジャガーを絞め殺すほどに凶悪だからだ。

やがて、ゴールデンオオアリクイは、密猟者たちの身体を舐め始める。そう、あの、巣穴から、シロアリたちを食べる時と同じように、1分間に150回もの高速で！　全身を舐め回す、ゴールデンオオアリクイの舌は、軍隊アリを追って、下へ下へと降りてゆく。腹部、股間……尻の穴……。その時、密猟者たちは知るのである。無上の快楽の果てに、恐ろしい死が待っていることを……。

……って、そんなことがあるわけないじゃん！　人間なんかいたら、さっと逃げるに決まってるでしょ。それは全部、おれたちが流してるニセ情報だから。ジャングルで生きていくには、オツムがいるんだよ。数も数えられないパンダなんかと一緒にしないでほしいね。

「なんだ、これは？」

オオアリクイは、不意に我に返った。つまらないことを考えている場合ではない。夢ではなかった。では、現実なのか？

そこのところが、オオアリクイにはわからなかった。なにしろ、この動物園に連れて来られてから起こったことは、すべて夢であるような気がしていたからだ。

「あの頃は、よかった」

遠くを見るような目で、オオアリクイはいった。「あの頃」というのは、もちろん、母親の背中にへばりついていた9ヵ月間のことだった。

ずっと揺れながらまどろんでいた。お腹の下あたりがずっとぬくぬくしていた。もちろん、母親も、蟻塚に舌を突っこんで、シロアリを食っていた。そして、食いながら、母親は、ぶつぶつ呟いていたのだ。

「こういうことって、なんか意味があるんだろうかね。1つの蟻塚に1分、その間に、舌を高速で出入りさせて、なんかぐちゃぐちゃしたちっこいものを、胃のなかに流しこむだけ。満腹になんか1回もなったことありゃしない。蟻塚を端から端まで歩き回って、それだけで1日が終わって、あとはずっと寝てるだけ。気がついたら、背中に変なものが乗ってるし。ほんと、むかつく。まったく。どうして、こんな動物に生まれついちゃったんだろう。どうせなら、オオアリクイなんかより、あたしたちに食べられるシロアリになった方がましだよ。あいつら、脳がないのと同じだからね。あたしたちに仲間が食われたって、ぜんぜん覚えてないし。あたしたちが壊した穴を、あっという間に元に戻して、すぐに日常生活に戻っちまう。でもって、次の日、また、あたしが穴を開けて、あいつらの仲間を食っちまう。けれども、すぐに、また穴を塞《ふさ》ぐ。穴を開けて食う。穴を塞ぐ。食う。塞ぐ。食う。塞ぐ。どうせ食われるんだから、穴なんか塞がなきゃいいのに。それがいいんだ。なにも考えたりしない。そっちの方が幸せなんだ。あいつら、記憶が半日ぐらいしかもたないんじゃないだろうか。たぶん。ずっと暗い穴の中で暮らしてるから、目もよく見えないんだろう。うすぼんやりした視界の中で、仲間が、でかい、ぬめぬめした怪物……って、あたしの舌なんだけど……に次々、さらわれていく。パニックが起こる。呻《うめ》く。泣き叫ぶ。でも、幸いなことに、それは1分しか続かない。すぐに、平穏が戻ってくる。というか、すでに、そこがふつうじゃないよね。だいたい、周りでごっそり殺されてるわけでしょ。ついさっきまで、『最近、おれ付き合ってる子、いるんだよね』とかいってた友だちが、目の前で食われたわけでしょ。慟哭《どうこく》するとか、呆然として立ち尽くすとか、そういうものじゃないの。でも、あいつら、あたしが舌を抜いてから、3秒後には、なにもなかったみたいに、総出で、穴を塞ぎはじめるから。中には、1匹ぐらい、泣きじゃくっているやつがいてもおかしくないんだけど、穴塞ぎ担当シロアリは全員、部署についてるからね。どんだけ、洗脳されてんだか。でも……うらやましい……。ほんとのところ、そう思う。あたしたち、ずっと独り暮らしだから。セックスはするけど、ほんと、他人……じゃなくて他獣と接触するのはその時ぐらい。いや、ありゃ、セックスじゃなくて、単なる『接触』だな。会話なんかないし。ただもう『やる』だけ、獣みたいなセックス……って、あたし、獣だよ。ウケる！　シロアリの方がましだよね。なにも考えない。恐怖も怒りもない。っていうか、あっても、3秒ぐらいしか持続しない。どうも、あの連中を見てると、1匹1匹には頭脳がないみたいだね。なんていうか、1匹がひとつの脳細胞？　だから、なにか考えたり、感じたりするんじゃなくて、電気が流れてるだけ、みたいな。いいよね、そういうの、楽で。だから、この世界って、おかしいんじゃないかと思うわけ。こっちは、満腹になりたいのをぐっと我慢して、粗食に甘んじて、なんの楽しみもない生活をしてるのに、おまけに、悩みまでかかえてる。シロアリの生活を破壊しないよう、精一杯努力してるのに、あいつら、感謝もしない。まあ、食われるんだから、感謝しないだろうけど。でも、こっちとしては、最大限、誠意を尽くしてるんだよ。でも、どこからも感謝状なんか来ない。毎日、へとへとになって、この背中に乗ってるやつを養育して、年とって、死ぬだけ。バカみたいじゃん。考えれば考えるほど、これ、『不条理』ってやつじゃないの？　こんな、悲惨な生活形態を与えるんだったら、せめて、シロアリなみの脳にしておくっていうのが、常識なんじゃないの？　ぜんぜん、意味がわからない。ああ……また、シロアリを食べる時間になっちゃった……もう、あたし、マジ死にたい……」

いかんいかん。愛されるべき幼児期に、身体を密着させてる母親の呪いのことばをずっと聞いていなきゃならなかったんだ。精神に変調をきたすのも無理はないでしょ。母さん、あんた、ほんとに、愚痴しかこぼさなかったよね。ネガティヴなメッセージしか発さなかったよね。

「くそ、なにもかもあんたのせいだ！　きっと、こんな夢を見たのもな！」

その瞬間、オオアリクイは、なにかイヤなものを見たような気がした。いや、なにかイヤなものに見られているような気がした。

裸の人間が、すぐ脇にいて、見下ろしていた。オオアリクイは、本能的に、両手を股間の前に置いた。そして、同時に、自分の動作に驚愕した。おいおい、なんで、股間を隠そうとするわけ？　そんなの、人間の本能じゃないか。もしかしたら、外見ではなく、中身も人間になりつつあるっていうの？　……いや、それどころじゃなかった。この人……になんて説明したらいいんだ？　オオアリクイの集団にいて、人間に変身していたら、説明が必要だけど、相手が人間なんだから、説明はいらないのかな。

「こん……に……ちは」オオアリクイはいった。

喉の動かし方が、そもそも、オオアリクイと人間とではまるで違うのだが、それでも、勘でなんとなく、声帯を震わせて、声のようなものを出すことはできた。だが、しゃべっている途中で、舌を嚙みそうになったのには、驚いた。これが、歯っていうやつかよ！

なんていまいましいんだ、とオオアリクイは思った。こんな硬いものが口の中にあって、気持ち悪くないの？

裸の人間は、困ったような表情になり、そのまま黙って、オオアリクイを見下ろすだけだった。

「あの……変だと思ってるんでしょ。裸で寝てるわけだから。別に、わたし……いや……おれ……ヌーディストでも、露出狂でもなくて……なんというか……なんというか……説明しにくいんですが」

「わかるよ」裸の人間はあっさりいった。

「あんたも、『変身』したんだろ?」

「あんた『も』って、ことは、あんたも?」

　裸の人間はうなずいた。


　ある朝、不安な夢から目を覚ますと、ビクーニャは、自分が檻の中で、不格好な人間に変わっているのに気がついた。毛など一本もなく、横になり、体を丸めて寝ていたのである。頭をもちあげ、体を見た。毛がない手や足は不気味であることを通り越して、不思議であるように思えた。ビクーニャは、試しに、手と足を動かしてみることにした。動く……。そりゃ、そうだ。動かなきゃ、意味ないし。最初にビクーニャが感じたのは「寒い!」ということだった。想像を絶する寒さだった。なにかの間違いじゃないの? ビクーニャはそう思った。なにしろ、ふだん生活しているのは、海抜4000メートルのアンデスの高地だ。とにかく、寒さ対策だけは万全にしている。あらゆる動物の中で、もっとも完璧な毛の持ち主がビクーニャなのだ。羊毛と比べてみるとよくわかる。ビクーニャの毛は、羊毛の3分の1の細さで、しかも密度は羊の10倍！　だから、ふだんから、ビクーニャは、羊を見下していたのである。

「そうなの!?」オオアリクイは素直に驚いた。

その裸の人間は、というか、本人の申告によると、元ビクーニャであるところの、裸の人間は、大きくうなずいた。

「羊って、あんた、知ってるよね。あの、アホ面したやつ。世界中、どこにでもいるだろ。無闇やたらと増えちゃってさ。ああいうのがいるから、哺乳類一般がバカにされると思うんだよね。『羊たちの沈黙』っていうぐらいだから、どんな目にあっても文句もいわない、ただ人間のいうことを聞くだけ。そんなの生きものっていわんだろ。いまどき、ちょっとまともなロボットの方が、まだ、自己革新能力があるからね。おれたちにいわせると、人間が使ってる、あの円盤みたいな、お掃除ロボの方が、羊なんかよりずっと『知的』だよね。見てみなよ、やつらの毛。ずっと、大量生産に適した安物のままなんだぜ。おれたちなんか、上へ上へ登り詰めて、とうとう、天国にいちばん近いところまで行っちまっただろ。羊みたいに、ただメエメエ鳴えてたんじゃないよ。おれたちの、苦しい『長征』っていうか、『出エジプト記』っていうか、その旅の間、休まず、毛の品種改良に努めたわけ。それだけじゃないからね。いいたくないけど、おれたち、ただ生きてるだけの生きものとはちがうから。食って寝て、クソしてセックスして、ってだけの生きものばかりじゃん？　そういうの、どうかなって、思ってるわけよ。おれたち、過酷な種族大移動の間、毛の品種改良に努めたって、いったけど、それだけじゃないよ。本格的な身体改造もやったからね。よく、オリンピックに出るようなマラソンランナーが、高地トレーニングするでしょ。あと、エチオピアの選手とか、やたらと長距離レースが強いじゃん。あれ、みんな、おれたちの真似してるだけだから。おれたち、何百万年もかけて、少しずつ、赤血球を増やしていったんだぜ。『血』の滲む努力って、そういうことをいうんじゃないの。いま、おれたち、平均して、１mm^3あたり１４０0万個まで赤血球を増やしたからね。おれたちの予想じゃ、１０００万年後には、宇宙空間でも宇宙服なしで生きていけると思うね。まあ、希望的観測かもしれないけど」

いくらなんでも、それは無理だろ。オオアリクイは、そういおうとしたが、あえて口を噤《つぐ》むことにした。その、元ビクーニャと自称している裸の男が、いかにも自信満々であるように見えたからだ。

「いや、ほんと、すごいっすね」オオアリクイは感心したようにいった。

「だが、いいことばかりじゃないんだよね、これが」

「といいますと？」

「暑すぎるんだよ」

「なにがですか？」

「だから、厳寒の季節の夜とかでも、ぜんぜんオッケーなんだけど、逆に、昼間が困るわけ。あんた、知らんかもしれないけど、高地って、寒暖の差が激しいでしょ？　冬でもそうだけど、夏とか、もうけっこう、暑くなっちゃうんだ。おれたちの毛って、保温性が完璧すぎて、一気に高熱になっちゃうんだよ。ぼうっとして、自分の熱で蒸されて死ぬやつだっているんだから」

「そりゃ、たいへんだ！」

オオアリクイは、大声で同意を示した。だが、実際には、ふだんから低体温にしとけばいいんだよ、この省エネ時代に、あんたみたいに無駄に排気量がデカい動物なんか存在価値ないよね、と思ったのだった。

「だから、いつも昼間は、水につかってなきゃなんない。正直、そこんところだけは、カバと一緒だな」

カバじゃなくバカだろ、とオオアリクイは思ったが、もちろん、それは口には出さなかった。というのも、動物業界で、ビクーニャの勇名は鳴り響いていて、やたらと喧嘩っぱやいことを知っていたからだ。孤独と平和を愛するオオアリクイは、基本的には、戦うことを好まなかったのである。

「それにしても、あんた」元ビクーニャと自称している裸の男は、ツバをぺっと吐き捨てると、オオアリクイにいった。

「これから、どうすんの?」

「さあ……」

「いい機会だから、脱走しようとか、思ってない?」

そういうと、元ビクーニャと自称している裸の男は、またツバを吐いた。そういえば、こいつ、さっきからツバ吐いてばかりじゃないか。こういう、社会常識のないというか、礼儀を知らないやつって、ほんとムカつくよね。

「ムカついてる？」

「……えっ‼」

オオアリクイは慌てて、頭を振った。

「おれがツバを吐くんで、だいたいのやつは、ムカつくみたいなんだ」

「いや、おれ……ぼくは……わたしは、特に……はい」

「それなら、いいんだけど。こればかりは止められないんだよ。種族の本能っていうか、おれたち、喧嘩する時、まず、ツバを吐くわけ。そうやって威嚇《いかく》するんだよね。それだけで、ビビるやつもいるんだ。だったら、それ以上の暴力沙汰にはならないんでしょ？　なかなか、よくできた本能だと思わない？」

「まあ……そうですね」オオアリクイは、曖昧《あいまい》な微笑《ほほえ》みを浮かべながら、そういった。ツバを吐くことで喧嘩する？　相手の顔に「ツバをかける」？　人間と同じじゃん、あんた……。

その時だった。オオアリクイは、また、不気味な気配を感じた。そして、本能の命ずるまま、またしても、股間を隠した。すると、どうだ。ついさっきまで、ドヤ顔をしてしゃべっていた元ビクーニャと自称している裸の男も、慌てて股間を隠しているではないか。こいつ、意外に、気が弱いんじゃないか。オオアリクイはそう思った。いや、それどころじゃなかった。オオアリクイと元ビクーニャと自称している裸の男から、少し離れたところに、サングラスをかけた浅黒い肌の大男が突っ立ち、彼らをせせら笑うように見つめていたからだ。その男は青に白の水玉の派手なバミューダパンツをはき、極彩色のアロハシャツを着て、サンダルをつっかけていた。

「なっ……な……なんだ……おまえ」オオアリクイは震える声でいった。

「そっ……そうだ……おれたちに……けん……けんか、売ろうってのか？」元ビクーニャと自称している裸の男も、明らかに動揺しているようだった。

「まあまあ」大男は悠然とした態度でいった。

「取り乱す気持ちはわかるよ。おたくら、『変身』したてなんだろ？」

そういうと、大男は、ペッとツバを吐いた。ものすごい量のツバの塊が、10メートルは離れたコンクリートの壁に飛んでいき、ベシャッという音を立てた。

「おまえ……もしかして、おれの親戚かなんか？」元ビクーニャと自称……だんだん面倒くさくなってきたので、もう省略することにしよう……「元ビクーニャ」男は、震える声で、そういった。

「んだよ」大男はいった。そして、優しく微笑みながら、「元ビクーニャ」男の肩をポンと叩き、耳もとに口を寄せ、小声でいった。

「威張るんじゃねえよ、たかがビクーニャのくせによ」


ある朝、不安な夢から目を覚ますと、ヒトコブラクダは、自分が檻の中で、不格好な人間に変わっているのに気がついた。毛など一本もなく、横になり、体を丸めて寝ていたのである。頭をもちあげ、体を見た。毛がない手や足は不気味であることを通り越して、不思議であるように思えた。ヒトコブラクダは、試しに、手と足を動かしてみることにした。動く……。


「おれたちと同じじゃん」「元ビクーニャ」男は、安心したようにいった。

「ちがうね。まるで」大男は、というか……「元ヒトコブラクダ」男はいった。

「おまえたちさあ、『変身』した後、なんだこれ無茶苦茶寒いじゃないかとか、暑すぎるとか、悔しかったらシロアリを食ってみろとか、赤血球が多いとか、考えたんじゃないの？　なんか、自分の、っていうか、過去の自分の自慢とかしなかった？　えっ？　したんじゃないの？　どう、図星だろ？」

「元ヒトコブラクダ」男のいう通りだった。オオアリクイ……待てよ、考えてみると、こいつも、正確にいうと、オオアリクイではなく、「元オオアリクイ」男なのだった……その「元オオアリクイ」男は、「元ビクーニャ」男の横顔をちらちら見ながら、何度も首を縦に振った。

「おれはね、1分後には、もう考えてたよ。なにを考えていたか、わかる？」そういうと、「元ヒトコブラクダ」男は、「元ビクーニャ」男の顔を鋭く見すえた。

「さあ……わかりません」「元ビクーニャ」男は、「元ヒトコブラクダ」男の目を見ずに、不貞《ふて》腐《くさ》れたようにいった。

「だから、ダメなんだよ、ビクーニャは」

「なんだとぉ！」

「元ビクーニャ」男の口が不可解な動きをした。すると、同時に、「元ヒトコブラクダ」男の口もまた、異様な動きを開始したのだ。

「ちょっと、ちょっと待った！」「元オオアリクイ」男は、二匹の、というかふたりの間に割って入った。

「ツバは禁止！　摑み合いも、パンチもダメ！　こんなところで喧嘩してる場合じゃないでしょ！」

「わかったよ」「元ビクーニャ」男は不満げに答えた。どうしようもないんだよ。本能だから。

「おれには、わかったんだ。これが『夢』じゃないってことが」「元ヒトコブラクダ」男は、静かにそういうと、いったん、口を閉じ、今度は厳《おごそ》かな調子でいった。

「間違いない、これは『神』のお告げなんだって」

「なに、それっ！」「元ビクーニャ」男は啞然《あぜん》とした表情になって、そういった。

「聞こえなかった？『神』のお告げなんだよ」

「おいおい、なに考えてんだよ、あんた。頭、おかしいんじゃないの？　元をただせば、ただのヒトコブラクダのくせに。どうして、こんなところで、『神』とか出てくるわけ」

「前からいいたかったんだけど」「元ヒトコブラクダ」男は、「元ビクーニャ」男を挑発するかのように、顔を近づけ、脅かすようにいった。

「ビクーニャって、マジ、ダサいよね」

「なぁっにぃっ！」

「あのお、さっきからいってるんですけど、喧嘩、やめません？」

「悪いけどね、これは、おれたち、ラクダ種内部の問題だから、部外者は黙っててくれるかな」

「ビクーニャって、ラクダの仲間だったんですかあ！」「元オオアリクイ」男が驚愕の表情を浮かべていうと、「元ヒトコブラクダ」男は、首を縦に振ってみせた。だが、いちばん驚いていたのは、明らかに「元ビクーニャ」男だった。「元ビクーニャ」男は、目を大きく見開いたまま、ただ「元ヒトコブラクダ」男の顔を見つめるだけだった。

気がつくと、「元ヒトコブラクダ」男は威厳に満ちた表情になっていた。両手を大きく広げ、目の前にいる、ふたりの裸の男に向かって、重々しい声でこんな風に語り始めたのだった。

「我々は、皆、北アメリカと呼ばれる地にいた。我々は、皆、そこから来たのだ。

そこは、楽園だった。肥沃《ひよく》な土地、温暖な気候、豊かな水、なにもかも必要なものはすべて、そこにあった。そして、生きとし、生けるもの、すべてが、おのれの運命に満足していた。だが、ある時、ひとりの若者の心中に、不思議な思いが芽生えた。『これでいいのだろうか？　このように、心楽しい日々が続くのは、おかしくはないのか？』。その若者の名前は、伝えられてはいない。それは、我々ヒトコブラクダ族の始祖と呼ばれる方であった」

「ちょっと」「元ビクーニャ」男は不満げにいった。

「その話、なんか、ヒトコブラクダを美化してない？　それからだけど、おれたちビクーニャは、その話の中では、どんな役割を果してるわけ？」

「黙って聞いてろ、つーの！」

「わかったよ……」

「その頃、楽園にいたのは、正確にいうなら、我々ラクダ族すべての源である、原ラクダとでもいうべき生きものだった。その中の一匹に、叡知《えいち》としか呼べないなにかが宿ったのだ。その若者、そのお方は悩んだ。そして、彼に従う、一群の原ラクダと共に、楽園をあとにしたのである。もちろん、大半の原ラクダたちは、そのお方を嘲笑《あざわら》った。『ああいうやつが、宗教とか行っちゃうんだよ』とか『あいつ、ほんと暗かったよね、イジメられるのも無理ないよね』とか……。そして、そのお方を嘲笑い、日々、享楽的な生活をおくっていた連中は、やがて、恐ろしい気候変動にみまわれ、楽園が荒廃すると、慌てふためき、食糧を奪い合い、やがて、なくなると、他の生きものの食《く》い扶持《ぶち》を盗んだ。だが、それさえ尽きると、食糧を求め、あてもなく、南下することになった。これが、ビクーニャの起源なのだ」

「最悪……」

「だが、ビクーニャの罪は、それだけではないのだ」

「まだ、あんの！」

「ビクーニャは、狡猾《こうかつ》だった。努力することが嫌いだった。競争するのは面倒だった。交渉事はもともと苦手だった。戦うのはもっと嫌いだった。怪我をしたり、痛い目にあいたくないからだ。口を開けていたら、その中に、食べ物が落ちてくる……それが、ビクーニャの理想だった」

「ビクーニャ、最低じゃん！」

「だが、ビクーニャの最大の罪は、それでもない」

「死刑だね……」

「殺すぞ、オオアリクイ」

「ごめん……」

「ビクーニャは、歴史を偽造しようとしたのだ」

「どこが、だよ！」

「教えてやろう。ビクーニャたちの、苦しい『長征』？『出エジプト記』？毛の品種改良？ただ生きてるだけの生きものとはちがう？食って寝て、クソしてセックスして、ってだけの生きものばかり？本格的な身体改造？あんなの、全部、ウソですから。ビクーニャたちが、アンデスの高地を目指したほんとうの理由は、他の動物がいないから、なんですねえ。楽園を出た以上、どこに行っても、ビクーニャみたいなまけものは、生きていけないんだよ。なんの技能もないからさ。あのさあ、『隙間産業』って、あるでしょ？ビクーニャって、それなんだよね。さっきから黙ってるので、いっちゃうけどね、ビクーニャの歯って、知ってる？2、3ミリの葉っぱでも食える特殊構造してるんだけど、それって、他の動物の食べ残しを、あとでいただくために発達したんだぜ。こそ泥め」

「元ビクーニャ」男は、怒りのあまり震えていた。というか、寒さのためかもしれなかったが。だが、手を出すわけにはいかなかった。なにしろ、相手は、十倍も体重がある生きものだからだ。というか、実のところ、ビクーニャは、ふだんビクーニャしか見たことがないので、他の生きものを見ると、それだけで身体がすくんでしまうのだった。

「さて、原ラクダたちを連れて旅に出られたお方の話を続けよう」

「待ってました!」

「原ラクダたち一行は、北へ向かった。当時、陸続きであったベーリング海峡を通り抜けた。厳しい寒さを、原ラクダたちは耐えた。長い、長い旅であった。確かに、その途中、豊かな土地もあった。そのお方につき従う者たちの中には、疲れ果て、休みたい、そこに腰を落ち着けたいと願う者もあった。だが、そのお方は、おっしゃった。『我々の目指す場所は、ここではない』と。そして、一行は、旅を続けた。厳寒《げんかん》の地帯の後にあったのは、灼熱《しゃくねつ》の地獄であった。原ラクダたち一行は、なにもない、ただ荒れ果てた、砂が延々と続く、荒野をさまよった。『なんのために?』と、さすがに、そのお方も思われた。『これほどの苦悩は何のために?』と。そして、ある晩、そのお方は、焚き火の炎の中から聞こえてくる声に気づいたのだ。『そこのラクダ』『はっ、はい！』『なにをしてる？』『キャンプをしてるように見えますか？』『見えないけど』『見ればわかるでしょ。悩んでるんです』『存在とは何かってこと？』『えっ！　誰だか知らないけど、わたしの悩みを一発で見抜きましたね』『そりゃね、専門家だから』『専門家って、あんた、誰です？』『秘密』『秘密って、いわれても……』『みんなは、神さまっていうね』『か、神さま……ですか？』『うん』『他に名前はないんですか？　「神さま」って、あだ名ですか？　それとも、ペンネーム？　姓が「神」で、名が「さま」とか？』『他に名前は、ないよ。ほんとうは、「神さま」って名前でもないんだけど、おまえにはまだ難しすぎるから、そういってるだけ』『じゃあ、ほんとの名前は、ないんですね』『いや、あるっちゃ、あるけど』『なんです？』『さあ、なんでしょう』『焦《じ》らさないで、教えてくださいよ！』『わたしの名前は「わたし」』『なんですか、それ！』『いや、要するに、ものごとを哲学的に考えなさいってことかな、ぶっちゃけていうと』『意味、わかんない！』」

「あの」「元オオアリクイ」男は、申し訳なさそうにいった。

「その『神さま』とのお話、どのくらい続くんですか？」

「なにしろ、一晩中、熱く語り合ったからね、あと7、8時間はかかるかも」

「もう少し簡単に、結論だけ、知りたいんですが」

「あっ、そう。簡単にいうとだね、そのお方は、世界の秘密を知ったのだよ。わかる？」

「さあ……」

「この世界に、生命を得るものはすべて、神のみ恵みを受け、同時に、神の理法によって、生きねばならないってことだ。愚かなオオアリクイよ、愚かなビクーニャよ、あんたらが、『変身』したのは、神のみ業によってなのだ。すべては、神のお計らいなんだよ」

「ちがうね」

声がした。

「元ヒトコブラクダ」男は、訝《いぶか》しげにあたりを見回した。「元ビクーニャ」男と「元オオアリクイ」男は、またしても股間を隠し、それから後、あたりを見回した。

女がいた。たぶん、若い。それだけは、間違いないと思う。だが、なにぶん、あまりに化粧が濃いので、正確な年齢をいい当てるのは難しい。ブロンドの姫ツインテール、髪を留めているのは、巨大なキティちゃん。そして、なぜだか、真っ赤な、オフショルダーのショートレッグウォーマー付き長袖3ピースベロアサンタを着ているのである。それでわからなければ、サンタクロースがミニスカートをはいているところを想像してもらえばよろしい。早い話が、クリスマスイブにキャバクラに行くと、キャバクラ嬢が着ている格好です。

「ちがうよ、ぜんぜん」その、異様に化粧の濃い、まるで「小悪魔ａｇｅｈａ」から飛び出してきたような女がいった。

「じゃあ、なんだっていうんだ」「元ヒトコブラクダ」男は、慌てているところを見透かされぬように、大声をあげていった。すると、女は微笑みながら、こういった。

「**輪廻転生**だよ」

(to be continued)

文章教室

1

おはようございます……遅れてすいません。寝過ごしてしまいました。誠に申し訳ない。というのも、昨日まで、三日つづけて、ひどく骨の折れる仕事をしていたのです。

毎日、二ヵ所の「刑務所」を回って、「タンカ」を教えてまいりました。最初に、そのことをお話しします。みなさんが文章を書くにあたって、役立つことがたくさんあるように、わたしには思えるからです。

わたしが会った受刑囚のみなさんは……その多くは、もちろんクマだったわけですが……どなたも、まことに立派な方たちばかりでした。狭い部屋、冷たいコンクリートの床、見るたびに痛ましい思いにとらわれる、あの鉄格子《てつごうし》。そんな中にあって、あの方たちは、希望を失うことなく、生きておられるのです。しかも、ただ生きておられるのではない。

あの方たちの心の中には、生命の炎が、燃えたぎっております。あるいは、ことばにならぬことば、とでもいうべきものが、激しく渦巻いているのです。しかし、それをうまく表現する術《すべ》がない。確かに、「咆哮《ほうこう》」という手段は、残されております。しかし、あの方たちの、心の底からの叫びも、「人間」たちにとっては、楽しい余興の一つにしか見えないのであります。誠に、あの方たちの苦しみは、如何《いか》ばかりでしょうか。

あのような方たちと接していると、わたしがいままで作っていた作品など、どれも、穏やかな春風に吹かれて、陶然《とうぜん》としているだけのもののように思えて、恥ずかしくなるのであります。

ある受刑者は、こんなウタを詠《よ》んでおります。

いくら掻こうと思っても肝心な部分に手が届かないクマはつらい

わたしは、このウタを初めて見た時、衝撃のあまり、棒立ちになってしまいました。わたしは、いままで、これほど真摯《しんし》に、これほど素直に、ウタに立ち向かったことがあるであろうか。いや、ウタだけではない。「わたし」という存在に、これほど無垢《むく》な思いで、接したことがあったであろうか。お恥ずかしい話ですが、わたしは、このウタを読んで、滂沱《ぼうだ》の涙を流したのであります。

だいたいのところ、ウタを詠もうと思う者が陥りやすい罠は、ウタというものをなにか高級であると思いこんでしまうところであります。ウタだけではありません。およそ、文章やことばでなにかを表現しようとする者は、みな、この罠にひっかかってしまうのであります。お気づきかもしれませんが、みなさんがこの教室に来られたばかりの時は、「天」とか「世界」とか「クマであることとは何か？」とか「アイデンティティー・クライシス」とかについて、書こうとされたのです。いまになって思えば、懐かしいことではありますが。

「えっシロクマなのに黄色っぽいじゃん、変なの」っていわれて猛烈にヘコむ

「刑務所」を訪れる者は、誰しも気づくことですが、そこで暮らしておられる方たちは、自然そのままの姿をしてはおりません。都市の、いや、「刑務所」で長く暮

らしておられるうちに、無垢の白さを誇《ほこ》っていた毛なみも、いつの間にか汚れ、黄ばんだ色に変色してしまっている。なのに、彼らは、それを綺麗にする手段を持たないのであります。しかし、ほんとうの悲しみは、その汚れに存するのではありません。実のところ、彼らは体毛の汚染を自分の目で見ることはなかなかできない。いや、仮に視線でとらえたとしても、「そんなものは見なかったことにしよう」と思うのであります。残酷なのは、受刑者である彼らを、見物に来る者たちです。「シロクマなのに黄色っぽいじゃん」というひとことの中に、見物者たちの、無知と倨傲《きよごう》、あるいは傲岸《ごうがん》さがうかがわれるではありませんか。そんな状態に、シロクマさんを陥れたのは、彼らであるというのに。

シロクマは哀しからずや空の青海の青氷山の白にも染まずただ歩く

メイカとして知られる、このウタと比較していただきたい。作者は、明らかに、このウタを参考にして、「黄色っぽいじゃん」のウタを作ったと思われます。一方では、「白さ」の哀しみ、それに対して、「白さ」を失ったことの哀しみ。自然の中にいることの安らぎとなんともいえぬ感情、それに対して、自然から遠く離れた場所で、無知で残酷な声をかけられることによって生ずる、複雑な思い。「黄色っぽいじゃん」のウタには、偉大さも、叡知も欠けているかもしれません。だが、わたしは、このウタには、すべての動物の「今」が刻みこまれているように思えるのです。「ヘコむ」の一言に、その軽さに、彼らが置かれている「現在」の、計量不能な「重み」が象徴されているのではないでしょうか。

たくさんのメスのペンギンがいるなかで
わたしをみつけてくれてありがとう

もちろん、わたしが「刑務所」で教えているのは、クマだけではありません。ことばを習いたい、文章を習得したい、そのことによって、なにものかを表現したい、と願う受刑者たちは、たくさんいるのです。わたしは、少しでも力になれるならと、そのようなみなさんにも、お教えしているのであります。

そんな中で、このウタもまた、わたしに衝撃を与えたものの一つです。ペンギンの夫婦たちが、長い冬の間、別れ別れになって、妻たちは海へ魚を獲りに、夫たちは、故郷に留まって卵を温め続けることは、ご存じのことと思います。わたしは、アニメの『ハッピー・フィート』を見て知ったのですが……。あれ、面白かったですよねえ……。その時、誰もが思うように、どう見ても、みんな同じ顔にしか見えないのだけれど、どうやって区別しているんだろう、と感じたのです。クマなら、区別することができます。体型や顔つきが、みんな違うと思うのです。そうでしょう？　だいたい、一ヵ所に数万匹とか、数十万匹とか、ありえないではありませんか。そんな風に思っていた。ペンギンには、なにか特殊な、個体識別能力が備わっているのではないか、と。白状いたします。わたしは、心の中では、ペンギンたちを馬鹿にしていたのかもしれません。たとえば、クマの方がずっと高級な存在であると思いこんでいたのかもしれない。クマには、世界中のあらゆるところ、あらゆる時代に、神格化された物語が存在します。いいかえると、歴史と伝統があるのです。だいたい、テレビに映る時だって、一匹ずつ出てくる。それにひきかえ、ペンギンは、いつも集団で登場するでしょう？　なんというか「その他大勢」って感じでしょうか。それに、あの顔。こういうことをいうと、差別になってしまうことは、重々承知しております。しかし、正直に申し上げるなら、わたしは、ペンギンの顔が、ちょっと怖いのです。なんか、あの目を見ていると、薬物中毒者を思い浮かべてしまう。いや、誠に、わたしには、文章教室で教える資格などないのかもしれない。そんな偏見を隠して、わたしは、ペンギンたちに接していたのであります。

そんなわたしを、「たくさんの」ウタは、粉々に打ち砕いてしまいました。なんという、細やかな愛情の表出でありましょう。ペンギンたちも、自分が「たくさんの」中の一羽であることを自覚していたのであります。わたしは、個体数が少なく、認識しやすい動物の方がなんとなく高級であるように思っていたのです。ペンギンとか……そう、シロアリとか……よく知らないけど……イワシとか……イナゴとか……そういう、群《むれ》をなして動く生きものには、なんか個的な意思とかないんじゃないか、とか漠然と考えていたのです。「一匹オオカミ」とかいうでしょう？　オオカミなんか、ただ一匹で移動しているだけで価値がある、みたいに思われている。ほんとに、申し訳ないと思います。

群をなす生きものには、また、「一匹オオカミ」的な生きものとは異なった、喜びや哀しみがあったのです。それは、なんという、素朴でまた玄妙《げんみょう》な感情なのであいないのではないでしょうか。最後の「ありがとう」のひとことを読んで、胸をうたれない読者はいないのではないでしょうか。

「寒いね」と話しかければ「南極より寒いね冷房効きすぎ」と答える友のいるあたたかさ

思えば、ペンギンたちのウタには優れたものがたくさんありました。この「寒いね」もその代表の一つであります。このウタでは、ただ「刑務所」的日常が歌われているにすぎません。作られた自然、人工的な自然の中で、ペンギンたちは暮らしています。『ハッピー・フィート』に見られるように……すいません、『ハッピー・フィート』ばかりで、なにしろ、わたしのペンギンに関する知識は、ほとんどあのアニメからのものなので……彼らの感覚は鈍麻しきっているはずです。一定の温度、一定の湿度、同じ時間に定期的に与えられるエサ、そんな中で、世界はすっかりおぼろげなものになってしまった。そんな時、一羽のペンギンの内部で蠢くものがあったのです。おそらく、それは、すべての表現の核《コア》になるようなもの、生きとし生けるものを突き動かす生命の根源なのかもしれません。それが、当該ペンギンの内側から溢れ、一つのことばになったのです。「寒いね」と。その、一羽のペンギンの、その隣に誰もいなかったら、その「寒いね」は、虚空に消え去ったはずです。だが、その「寒いね」という、生きものを揺り動かすことばに、返答してくれる存在がありました。そして、その者は、「南極より寒いね冷房効きすぎ」と答えたのです。深い知性と、苦い諧謔《かいぎゃく》を感じさせることばではありませんか。いや、大切なのは、そのことではありません。一つのことばが、もう一つのことばを招来したことなのであります。それは、世界の果てで孤独に震えていた魂が「あたたかさ」を思い出した瞬間のことなのでありました。

「刑務所」脱出したし　皇帝ペンギンもアデリーペンギンもマカロニペンギンも

これは、ウタを志す者なら誰でも知っているシュウカであります。動物たちを閉じこめる存在としての「刑務所」を歌った作品として、最高傑作であることは間違いないように思われます。ここで歌われている「怒り」の直截《ちょくせつ》さに、ためらいを感じる読者もいるかもしれません。「刑務所」にいる動物たちは、すべからく「脱出」すべきである、というメッセージはあまりに強烈であります。もちろん、現在の若い動物たちも、仮に「刑務所」に居住していなくとも、「刑務所」にいるのは実に不自由なことだろうと考えます。いわんや、実際に、「刑務所」に拘留されて、監視生活を余儀なくされている動物たちの多くも、「自由」への憧れを口にいたします。だが、実際には、そのように考えない動物たちも多いのであります。わたしが、教えた、ある動物は……その方の名誉のために、その名前は控えさせていただきますが……はっきりとこう申しました。

「えっ、なんで、『脱出』しなきゃいけないわけ？　っていうか、『脱出』ってなに？　ぼくなんか、おじいちゃんの代からずっと、ここで育ってきたんだよね。いわゆる『在園三世』なんですよ。『脱出』して、ジャングルの中に放り出されたって、どうしていいかわかんないです。だって、ぼく、母ちゃんが子育て放棄して、飼育係さんに人工栄養で育ててもらったし。知ってます？　うちら『在園三世』って、体温調節ができないんですよ。意味わかんないでしょ？　生まれてからずっと一定の室温と湿度で暮らしてたから、体温調節機能が退化しちゃったらしいんですねえ。だから、うちら、暑いところに行くと、体温が上がるし、寒いところに行くと、体温が下がるわけです。哺乳類なのに、変温動物なんだって！　じゃあ、カエルやヘビと同じじゃん！　ウケる！」

「自由」を求めて「刑務所」を「脱出」しようとする情動は、いまの若い動物たちにとって、見知らぬエモーションなのかもしれません。「脱出したし」というウタにこめられているのは、「自由」への希求だけではありません。なぜ、彼らは、「刑務所」に閉じこめられてしまったのか。それは、人間との「戦争」に敗れたせいであります。彼らには、武器らしい武器はありませんでした。資源を求めて殺到した人間たちの前で、人間たちが所有する膨大な武器の前で、彼らは無力でありました。彼らは故郷を追われ、遥か遠方の「刑務所」にたどり着いたのです。なぜ、「戦争」が起こったのか。どのように、「戦争」が行われたのか。そして、なぜ、彼らは敗れ去らざるを得なかったのか。わたしには、作者の「怒り」は、ただ人間だけではなく、その同胞へも向けられているような気がするのであります。ばらばらのまま、どう対処していいのかわからないまま、敗れていった仲間たち。だが、「怒り」と同時に、ここに、わたしは、「連帯」を模索する、作者の思いを読むこともできるような気がするのであります。
「皇帝ペンギンもアデリーペンギンもマカロニペンギンも」という一節には、いつかやって来るかもしれない、未知の共同体への夢がこめられているのではないでしょうか。

死に近き卵に添寝のしんしんと遠河の海豹天に聞ゆる

これも獣口に膾炙《かいしや》した、メイカであります。時期はおそらく、ブリザードが吹きすさび、体感温度が零下60度にも達しようかという厳寒の頃でありましょう。ペンギンたちにとって、もっとも過酷な季節、卵を温め続けていた一羽の雄は異変を感じたのです。股にはさんだ卵の奥底からひんやりした冷気が漂ってくるような気がしたのではないでしょうか。誠に、卵を抱くことは難しい。人間の子育てとはわけがちがうのであります。

もしかしたら、なにか手ちがいがあったのかもしれません。ほんの少しうたた寝している間に、卵が、父親の股間から転がって外気に触れたのかもしれません。いや、そうでなくとも、すべての卵が健康に育つわけではありません。中には、無念の死を迎える卵とて、少なくはないはずです。その時、ペンギンの父親は、どのように行動するのでしょうか。

彼は、すでに、子どもの死を予感しています。遥か遠方の海で、せっせと餌の魚を腹中に放りこんでいる母親は、生まれてくる子どもに思いを寄せているでしょうか。だが、その願いは叶わぬのであります。

それにもかかわらず、彼は、渾身《こんしん》の力をこめて立ち続ける。生誕のために温め続けていた時と同じように。その少し前まで、深い喜びに包まれていた彼に、もはやそれはありません。では、なぜ、その卵を放棄しないのか。理由は、そのペンギンにもわからないのであります。酷いほどに冷たく強い風に向かって、彼は立ち続ける。すると、遠い彼方の、おそらくは内陸の氷河のどこかから、紛れこんだはぐれ海豹《あざらし》が吠える声が聞こえてくる。そのペンギンは、一瞬、「幻聴なのか？」と自身に問いかけます。周りに密集する父親たちは、それぞれに股間に卵を抱き、父親たちの連帯によって生みだされた、その幻の共同体が発する、とろけるような温かさに包まれて、まどろんでいます。彼らは、ずっと夢を見ているのであります。ペンギンたちが太古から育《はぐく》んできた夢を。

だが、一羽だけ、覚醒している者がいます。それが、このウタの作者であります。おそらく、彼が聞いた声の持ち主である海豹もまた、死に瀕《ひん》していたのでしょう。直接、股間に触れている死、そして、耳の奥に鳴り響いている死。その、二つの「死」に挟まれて、作者に、突然、ある認識が生まれたのではないでしょうか。それは、動物はすべて死ぬ、という認識であります。これは、ただ一羽のペンギンに、突然変異のように生まれた認識でないことは明白です。すべての、「近代」を生きる動物たちが、それぞれの場所で、このような思いにかられていたのであります。

つよく生きろというの檻の中でもつよく　生きてないようなおとなたちが

このようなウタを読むと、ほんとうに、わたしたちは、ずいぶんと遠くまで来たものだなあ、という感慨を覚えるのです。作者は、若い世代の雌のクマであります。彼女もまた、いわゆる「在園三世」もしくは「在園四・五世」といわれるグループに属しています。「つよく生きろ」といっているのは、彼女の父親や祖父の世代のクマでしょう。「刑務所」にいても、決して挫《くじ》けるな、希望を失うな。そのように、彼らはいうのです。しかし、そんな彼らのことばに、作者はいっさい動かされません。檻の中で「つよく生きろ」とは、どんな意味なのでしょう。人間のお客が来ても、愛想笑いを浮かべるな、ということでしょうか。餌を食ってばかりいるとバカになるから、本でも読めということなのでしょうか。あるいは、誰もが寝静まった深夜に、映画の『ショーシャンクの空に』のように、少しずつ、「脱走」用の穴でも掘れ、とアドヴァイスをしているのでしょうか。しかし、そのようにお説教する前の世代のクマたちがやったことといったら、せいぜい、飼育係の交代時間に係員を襲う「真似」をすることぐらいだったのです（実際に係員を襲撃したら、射殺されてしまうことは先刻承知しています）。

父親や祖父たちの世代の「本音《ほんね》」と「建前《たてまえ》」の落差を、若者たちは、よく知っています。「近頃の若い者は……」は、どの時代も、先行世代の常套句《じょうとうく》なのであります。

「お前たちは知らんだろうが、お父さんが若かった頃は、しょっちゅう、ハンガーストライキをやったもんだよ。意味がわかるか？　観光牧場における月の輪グマの酷使に反対する全国同時ハンガーストライキさ」

そのように得意気にしゃべる父クマの目の下では、放恣《ほうし》な生活の果てに生まれた、醜いクマが震えています。確かに、その雌クマならずとも、「生きてないようなおとなたちが」と歌いたくなるではありませんか。


わたしの考えでは、クマであろうと、ペンギンであろうと、その動物がなにであるかを問わず、また、彼らが生きている場所がどこであろうと、いまや、若い世代の動物たちをとらえ始めている共通の感情、同時代感情とでもいうべきものがあるのです。わたしは、この文章教室で、みなさんに、文章やことばをお教えしています。みなさんは、早く、上手に文章を書けるようになりたいとか、みんなを驚かせるシヤやウタを作りたいとか、思ってらっしゃいますね。けれども、焦ってはなりません。わたしが、みなさんに学んでいただきたいのは「技術」ではないのであります。

ひも状のものが剝けたりするでせうバナナのあれ祖母《ばあ》ちゃん知らなかったの？

これは、ある「刑務所」で、まだ若い、一匹のサルが詠んだウタです。これまで、何十億匹ものサルが、何百億本ものバナナを食べたはずです。そして、そのすべてのサルたちが、バナナを剝く時、一緒に、皮と「実」の間にある、「ひも状のもの」も剝いてきたのです。けれども、この時まで、どのサルも、その「ひも状のもの」についてウタを詠んだことはなかったのです。

このウタを詠んだ時、それを聞いた「祖母《ばあ》ちゃん」は、心のどこかで、何かが騒ぐような気がしました。とても大切な何か、長い間、ずっと忘れていた何かが、蘇ってくるような気がしました。

それは、たとえば、こんな物語だったのかもしれません。

それほど昔のことではありません。ある「刑務所」に、ちょっと変わり者のサルがいて、バナナを剝きながら、「あれ、このひもみたいなもの、何だろう？」と思ったのです。そして、そのサルは、母ちゃんの背中のノミやシラミをとっている父ちゃんに向かって、「ねえ、父ちゃん。この『ひもみたいなもの』、何ていうの？」と訊ねたのです。でも、そう訊かれた「父ちゃんザル」は、「何？　何、くだらないこといってんだよ、そんな暇があったら、勉強しろ！」といったのではないでしょうか。

しかし、この「ひもみたいなもの」のことは、そのサルの頭から離れませんでした。実は、そのサルは、どこかのタンカ結社に属していて、将来は、ユウメイなカジンになりたいと思っていたのかもしれません。しかし、たちまち、そのサルは行き詰まってしまった。というのも、そのサルが作ろうと思うようなウタは、もうみんなが作っていたのです。困ったサルは、少々、変わった方法を採用することにしました。誰も詠んだことのない材料を探していたのです。

「その日」がやって来ました。

「その日」もまた、そのサルは、ウタの制作の前に腹ごしらえをしようとして、バナナを剝いていたのです。その時、そのサルは、不意に、気づいたのです。いや、以前の、あの「問い」が、蘇ってきたのです。

「ほんとに、この『ひもみたいなもの』って、変だよね」

その時でした。そのサルの心の中で、何かがスパークしました。超新星《スーパーノヴァ》の大爆発です。そのサルは、周りを見回しました。何だか、世界は、以前とは異なって見えたのです。

それまで、そのサルはずっと孤独でした。「刑務所」の生活は退屈です。毎日のようにやって来る観客たち。その前で、サルたちは、「生活」を演技しなきゃならない。そのサルは、ものごころついた時から、ずっと、そうやってきました。最初のうちは、恥ずかしかったような記憶があります。でも、そのうち、慣れてしまいました。サルの子どもたちは、初めて、まぶしい外に出て、観客の視線に遭うと興奮して、母ザルの背中から落ちたりします。

「お母さん、お母さん。なんで、みんな、ぼくたちを見ているの？　あの人たちは、誰？　いつも、エサをくれる人たちと同じなの？」

「そんなこと、どうでもいいでしょ！　ああ、うるさい。あっ、ほら、南京豆！　あ〜あ、あんたが余計なこというから、とられちゃったじゃないの！」

そうです。その子ザルの両親にとって、観客や、観客から投げこまれる南京豆は、もはや「自然」だったのです。疑問を差し挟む余地などなく、それは「ある」ものでした。

そのサルは、「ひもみたいなもの」を凝視しました。そもそも、それには名前がついていませんでした。そのサルは気づいたのです。

世界には、名前がないものもあるのだ、ということを。

そのサルの内側に、叡知の輝きのようなものが生まれかけていました。名づけようのないものが動き始めていました。

そのサルの視線が、床に転がっていた南京豆の殻にぶつかりました。その瞬間、そのサルの口から、思いもかけぬことばが発せられたのです。

南京豆の殻を割ったもう死んでもいいというくらい完璧に

そのサルは、驚く暇さえありませんでした。なぜなら、もう、次のウタが、彼の唇から溢れ出していたのですから。

恐ろしいのは鉄棒をいつまでもいつまでも回り続ける子ザル

「耳で飛ぶ象のうんこもこわいけどキングコングのうんこはもっとこわい」

女子トイレをはみ出している行列のしっぽが見える人間はたいへんだ

どんなものをテーマにしても、ウタは作れるのです。いや、目の前にあるものこそ、ウタにすべきだったのです。

いつしか、そのサルは、創造の根源に、ウタの魂にたどり着いていたのです。そのサルは、自分が世界と一体化しつつあるのを感じました。自分がサルであること、そして、そのことの限界と希望を、同時に知ったのです。

そのサルは、突き動かされるように走り出しました。タンカ結社のセンセイに、知らさなければならない、と思いました。いや、この世界に住む、すべてのサルたちに、この世界の秘密を伝えたいと願ったのです。それから、「ひもみたいなもの」

を使って、ウタを作ってみたい、センセイならわかってくれるはずだ、と思ったのです。

息を弾《はず》ませ、センセイの下にたどり着いた、そのサルは、いま自分が詠んだばかりのウタを、センセイに披露しました。けれど、センセイの反応は思いがけないものでした。

「いま君が詠んだのは、何だね？」

「ウタ……です」そのサルは、おずおずといいました。

「ちがうな」センセイは冷酷に、こう告げました。

「そんなものはクズだ。頭がオカシイんじゃないのか。ふざけてるんじゃない。おまえは、わたしの話を聞いていなかったのか？『ひもみたいなもの』だって？『南京豆の殻』だと？　そんなもののどこに『美』があるのだ。冗談もほどほどにしたまえ。ウタとは、こういうものだよ。

やは肌のあつき血汐にふれも見でさびしからずや芸をする君

そのサルは黙って、センセイの下を去りました。ついさっきまで燃え盛っていたのに、彼の魂は、冷えきっていました。ぼくは間違っていたのだろうか？「ひもみたいなもの」には、一顧だにする価値もないのだろうか。雨が降り始めていました。

雨のサル山あるいていけばなんでしょうかこれはポテトチップの空袋

それが、そのサルの唇から漏れた、最後のことばでした。そして、その後には、もう、そのサルの内側には何も残ってはいませんでした。

「バカみたいだな、おれ」

そして、そのサルは、家に戻りました。戻った時には、みんなと「同じ」になっていたのです。

「ひも状のもの」のウタを詠んだ若いサルの「祖母ちゃん」は、ずっと昔、祖父から、そんな話を聞いたことがあるような気がしました。それは、もしかしたら、祖父の背中におんぶされ、子守歌を聞きながら、呟いていた、祖父のひとりごとだったのかもしれません。

みなさん、どうか耳をかたむけてください。わたしのことばにではなく、みなさんの、内側にあって、燃え盛るものの発することばに。

文章教室

2

こんにちは。お元気ですか？　センセイはちょっと風邪ぎみです。みなさんも、気をつけてください。夏から秋にかけて、季節の変わり目は、風邪をひきやすいのです。風邪といえば、犬や猫は風邪をひくと思いますか？　というか、本犬や本猫に訊いた方がいいか。

「ひきますよ、おれ、しょっちゅう」
「あたしも！」

厳密にいうとちがうんですねえ。犬くんがひいているのは「ケンネルコフ」、猫くんがひいているのは「猫カリシウィルス感染症」っていうんです。まあ、「熱・せき・鼻水」は、人間と共通ですけど。でも、あれは風邪じゃない。ビタミンCを体内でつくれる哺乳類は風邪をひかないんです。犬とか猫とか日本猿とか。

「センセイ」

なんですか？

「イグアナとか、風邪ひくんですか？」

いい質問ですね。誰もが一度は考えるかもしれないけれど、実際には、そこで考えることをやめてしまうようなこと。その好奇心があれば、きっと「いい文章」を書けるようになるでしょう。

「で、風邪は？」

忘れてました。イグアナ……爬虫類ですか……我々が「風邪」と呼びならわしているような症状におちいることはあります。粘液がやたらと鼻や目から出るとか、発熱するとか。でも、イグアナは……というか爬虫類はせきをしない。せきの中枢《ちゅうすう》がないのです。わたしとしては、せきをしない風邪は風邪じゃない、と考えたい。

「センセイ、じゃあ、アゲハチョウは？　アゲハチョウは風邪をひきますか？」

アゲハチョウ……なんてことをいいんだすんだ、ここは文章教室であって、生物学教室じゃないんだけど……でも、文章に関係のないことはなにひとつないんです。風邪というものを、「熱・せき・鼻水」という症状で定義するなら、アゲハチョウは……セキをしているアゲハチョウも、鼻水を垂らして飛んでいるアゲハチョウも見たことがない、熱は測ったことがないからわからないし……たぶん、風邪をひかないということになるでしょう。しかし……いま、ウィキペディアで風邪の定義を見ているのだけれど……風邪というものを「上気道の炎症によって生ずる病」と定義するとしたら……アゲハチョウの気道は……横っ腹にあるのかよ！……アゲハチョウの気道ははたして炎症を起こすのだろうか……その、アゲハチョウの気道には

「上部」と「下部」の相違があるのだろうか……すいません、センセイにもよくわかりません……問題は「定義」なのです。どの「定義」を採用するかによって、アゲハチョウも……たぶんだけど……風邪をひく生きものだと考えることも、風邪をひかない生きものだと考えることもできるわけです。

「テキトーなんですね」

いいえ。ちがいます。「定義」というものは、厳密なものです。そして、厳密さを追求してゆくと、逆に、なにもかもがぼんやりしてくるように見えてくる。それは「テキトー」とは正反対なものなんです。それは、ともかく、今日も、いくつかの「文章」を、あなたたちと一緒に読んでゆくことにしたいと思います。最初は、これです。

「サバンナに住んでいりゃあいいのか。おれはアフリカの真ん中あたりに住んでっけど、もうほとんど居住エリアなんかないわけ。人間がどんどん開発してるし、砂漠化も進んでるしね。それで『スローライフですね』とかいわれる。あと『ロハスですか』とか。スローじゃねえよ。ロハスでもねえよ。超ハードコアだよ。おれら、一日に150キロも草を食わなきゃならんわけ。ってことは、一日中、食ってるわけ！　どこがスローだよ！　忙しいんだよ！　っていうか、おれら、いざってなったら時速40キロで走れる。ウサイン・ボルトより速いんだよ。とにかく、一日中草食って、草食ったら次の食事の場所までずっと歩いて、それからずっと水も探して、水がなくなったら牙で掘って、ほんとたいへんなんだよ。それだけじゃない。ずっと考えてる。人間よりずっと。サバンナの奥でずっとな。幼児虐待のニュースとかあるじゃん。すると『獣みたいなやつ』とかいってる。よくゆーよ。おれら、妊娠期間が二十二ヵ月もあって、しかも七、八年に一回しか妊娠しないから、キッズをチョー大事にしてる。移動中、絶対にキッズから目を離さないからね。ゾウ的には、キッズがいつの間にかいなくなって気がついたら線路の中に入ってたとか、車をバックさせてたら間違えてキッズを轢《ひ》いちゃったとか、ありえませんから。お母さんたち、ほんとに気をつけてくださいよ。確かに、おれらは滅《ほろ》びつつある。もしかしたら、それ、ディスティニーなのかもしんないね。そういうことを、ずっと考えてる。中には、苛立って、『ファッキンな人間と戦おうぜ』とかいうやつもいる。『ライフルなんか怖くねえ』とか。なにいってんだか。東西冷戦終結後、イスラム原理主義のやつらとか、流入してきたべ。それで、アフリカ中、内戦だらけになってたじゃん。中国とかロシアから、安くて高性能の武器がガンガン入ってきたんだよ。戦車の装甲を撃ち抜いちゃうようなやつとか。生身の身体で勝てるわけないじゃん！　ところで、総体重が等しいと、戦闘力も等しいという説があるんだけど、知ってる？　おれら、アフリカゾウが一頭で7トン。それだとカバなら3頭。確かに、いい勝負かも。人間なら100人だけど。100人ねえ、武器がなかったら、おれらの勝ちだな。えっと、スズメバチなら140万匹……って、そりゃ勝てねえかも。とにかく、精神論じゃ勝てねえから。日蓮とか、マジありえない。アフリカでは神風なんか吹きません。おれらの場合、鼻も使わなきゃならない。あと、メディアのアナウンスなんか信じちゃダメだ。原発がなきゃ電力が足りないのかもとかすぐ信じる。生活保護を受けてるやつや公務員はみんなさぼってるにちがいないと思いこむ。どうしてだかわかる？**鼻がないからだよ！**　人間も鼻を持ってっけど、あんなの鼻じゃねえ。顔面にある、穴の開いた単なる突起だよ。鼻っていうのは、おれらみたいに、10万以上の筋肉でできてて、ピーナツも摑める繊細さと、1トンのものも持ち上げられる力の両方を持ってなきゃなんない。おれらの鼻先の毛は、ダイレクトに脳神経に繋がってんだよ。だから、宇宙のヴァイブレーションを感じることだってできるんだぜ。大地のエナジーを吸いこむことだってできる。おれらの鼻の中のレセプターは、10キロ離れたところにいるやつが親戚かどうかだってわかる。おれら、草原のど真ん中にいて、目を閉じて、鼻を立てるんだ。フォーカスしろ！　集中しろ！　そうやって、いつも**宇宙と交信してる**。あと地球とも。人間たちがビルを建てたり、デリバティヴ取引なんかやってる間に。でも、おれら、あまりにもスピリチュアルに走りすぎたのかもしれんな。というか、おれら、**進化しすぎた**のかも。なにしろ、低周波で会話できるからね。あれはいいよ。なにしろ、マッサージの役目も果たしてるし。**ことばなんか超えてる**。ヴァイブレーションそのものだよ。いや、こんなの書かなくったって、おれの腹から低周波を発生させればいいんだけど、そしたら、あんた、意味わかんないだろ？　気の毒だよね、ことばを使わないと、意志を伝えられなくて。でも、**ことばってリアルじゃないんだよ**。おれらにはわかるけど。あんたらには、無理だな。なにしろ、**鼻がない**んだから。それから、これはあまりいいたくないんだけど、インドゾウの鼻は、おれら的には鼻とはいえないね。だって、インドゾウの鼻の先端の突起、おれらみたいに上下じゃなくて、上しかついてないんだぜ。だから、ものを摑めないいんだ。そんなの鼻じゃない。あの鼻じゃ、宇宙のヴァイブレーションを感じとるのは無理だと思うんだけど。申し訳ないけど、インドゾウってチープだよな……」

脱帽です。正直いって、まいりました。アフリカゾウはすごいです。昔から、この人たち……じゃなくて、ゾウだけど……には、なにかがあると思ってました。この人たち……じゃなくて、ゾウには肉体がある。生きた身体がある。なにより、**鼻がある**。彼らは、**鼻**について書くことができる。**鼻**について書くことが、そのまま、ゾウとしてのアイデンティティーに通じる。我々に、宇宙と交信できるような身体器官があるだろうか。ないですよね。鼻はあるけど、鼻水か鼻血が出るだけだし。宇宙と交信するためには、デッかいアンテナを作らなきゃならない。そのためには……そのためには、予算を分捕ってこなきゃならない。ほんとに、めんどうくさい。

自分自身を記述することがそのまま宇宙とのスピリチュアルな関係を打ち立てることになる。うらやましすぎる……。それだけじゃない。**鼻だけじゃない。**アフリカゾウには**耳**だってある。なんで、あんなに耳がデカいか知ってますか？　あの耳には血管が網の目のように張り巡らされていて**クーラーの役目をしているんです！**身体そのものが省エネ構造をしているわけです。ただ音を拾っているわけじゃないんです。鼻は匂いを嗅ぐと同時にものを持ち上げて、しかも宇宙と交信できる。耳は、遠くの音を聞いて、バタバタ振って、ライオンやピューマを威嚇して、同時に、身体をクールダウンする。**脚だってただ歩くためだけのものじゃない、大地を震動させてその複雑な音で意志を伝え合うためのものでもあるんです。身体のあらゆる部分が複雑な意味構造を持っている。**これじゃあ、薄っぺらな身体の持ち合わせしかない我々がかなうわけはありませんよ。書く前に勝負ありって感じ……。

とはいえ、**アフリカゾウってなんかラッパーとかサーファーみたいなしゃべり方だなあ**と思う方もいるかもしれない（真木蔵人とか）。わたしもそう思う。なぜなんだろう。ラッパーとかサーファーは、ズボンが落ちそうな格好でいつも韻《いん》を踏んでしゃべったり、二十四時間波のことばかり考えているので、ついに宇宙と交信するしかなくなったりするところがアフリカゾウっぽいのだろうか。わからんけど。
次の文章に移りましょう。はっきりいって、こんな文章をあなたたちに教えていいのだろうか。なんか、そんな気もする。じゃあ、止めろよ！　って、いわれるかもしれない。しかし、この文章には、なにか大切なものが含まれているような気がするんですよセンセイとしては。

「日々成長　八十九歳　さ……」

とりあえず、これだけです。「八十九歳」の後にある「さ」は、たぶん作者の名前ですね。でも、それだけで切れてる。惜しいことだ。わたしは唸《うな》りました。しかし、これは、どういうことだろう。**これを書いた動物は何なのか？**　というか、どういう生命観を抱いていたのか。どう思います？

「うらやましいです」

なんで？

「わたし、ハムスターなもので」

そりゃ、たいへんだ。

「なにしろ、一歳半から老化が始まるし、二歳を越したら長寿なんですよ！　三歳なんていったら、もうキンさんギンさん並み。八十九歳とか、ありえないです。生命観なんて、持ってる暇はないっすよ」

いや、寿命が三年の場合には、三年の生命観があるはずです。どんな生きものにも、固有の生命観が。みなさん、この文章を読んでください。

「三十分待った。来なかった。死ぬ」

「なんです、これ？　わけ、わかんないんですけど」
「伝言ですか？　ネットの掲示板への書きこみたいですね」

……涙なしでは読めない文章です。これを書いたのはユスリカの一種で、**一時間ユスリカといわれる生きものの遺書**です。いうか、この連中は**書くものが全部遺書**……すまない、センセイ、この話をすると、涙が止まらなくなるんです……。一時間ユスリカは成虫になると、特にメスの場合は、**寿命は一時間どころか三十分……**なんてことだ。**なんのために生まれてきたのか**……悔しいじゃないか。せっかく生まれ出たというのに、その意味さえわからずに。とりあえず、繁殖《はんしょく》のために、沼の上を飛んで相手が来るのを待っていたら、**時間切れ**……。確かに、ここには、推敲《すいこう》の跡も、技巧の痕跡もない。文章にすらなっていないのかもしれない。それがどうしたというんだ！　**三十分しか生きられない**、って。冗談じゃない。考えてる暇なんかあるわけがない。だから、一時間ユスリカには**小説なんか無意味**なんです。書くことも読むことも。時間がないし……。あと**選挙とか今シーズンの流行色とかエコロジーとかスマホとかＡＫＢ48とか核燃料再処理施設とか全部意味なし**。それってすごくないですか？　**一時間ユスリカの前で文章は無力なのか？**　だからこそ、さっきの「日々成長」が光るような気がするわけです。

「えええっ？　全然意味わかんない」

あのね、さっき、「日々成長」を読んだ時、あなたたちは、笑いましたね。ただの笑いじゃない。そこには冷やかなものが流れていた。そんなことないって？　いいえ、センセイには、わかります。だって、センセイも最初は嘲笑したんです。この動物、なんだか知らないけど**ボケてるんじゃないか**って。

「仲良き事は美しき哉　八十六歳　さ……」

これだって充分に素晴らしい。なんともいえぬ滋味《じみ》がある。その通りだと思う。この通りに生きていけたらと思う。これはたぶん長命の生きものが書いた文章なんだけれど、三十分しか生きられない一時間ユスリカだって心を動かされるのではないか。というか、こういう文章なら、一時間ユスリカの心に届くのではないか。しかも、この長命の「さ」さんの文章はさらに進歩を遂《と》げてゆくんですよ。

「仲よし　八十八歳　さ……」

すごすぎる。「仲良き事は美しき哉」でも、相当短い文章なのに、もう、ここでは、単語しか残っていない。もしかしたら、この「さ」さんは、一時間ユスリカのことを念頭に置いて、この文章を書いたのではないか。

ふつう、誰だって**自分を基準にして文章を書く**ものです。もちろん、表面上はそんなことはいわない。けれども、無意識の中では、そう思ってる。

この文章を読んでください。

「常徳院殿足利義尚は長享三年三月二六日享年廿五歳にして近江国鈎里の陣中に薨《こう》じた。父義政の悲しみは傍目も苦しき有様であった。かつての並びなき専制君主がこのような凡俗の悲しみに身悶えする為体《ていたらく》を私かに嗤うものさえあった。さすがに霊海禅師はさような人々とはちがっていた。義尚の訃に接して廿日の後、義政の前へ出た霊海はこの人の悲しみがより遥かな場所から来ているのを知った。臆《おく》せずに禅師は云う。『恐れながら義政公にはいまだ度脱召されぬそうな』義政はいつもの瞬かない茶色の瞳で霊海を見た。その言葉は物静かであり和やかであった。『其許は月に向って星の言葉を使うておる。月には月の言葉で話すものではあるまいか。――として月は言葉を持たぬのじゃ』霊海は手を打って感服した。彼にははからずも義政によって暗示された別乾坤の意味がわかったのである。禅師は快げに衣の袖を飜えしつつ東山殿を去った」

この文章には、いくつも問題があります。たとえば……たとえば「薨じる」の意味がわかる生きものがどのくらいいるか……いや、そんなことより、ここでは、「子どもが死んで悲しい」ということが当然のこととして書かれている。しかしです、**子どもが死んでも悲しくない生きものはたくさんいるわけです**。というか、そっちの方が遥かに多い。そもそも、一度に産む数だってまるでちがう。マンボウは一度に二億個の卵を産むんです。子どもの名前なんか覚えられるわけがない……っていうか、名前なんかつけてる暇ないし。魚類も両生類も爬虫類も多くは子どもの世話なんかしない。だから**カエルさんにとってこの文章の意味はまるでわからない**。作者は、そのことにまったく気づいてないのです。それから「月」とか「星」とかいっても**モグラにはわからない**。だって、ほとんどなにも見えないんだから！　だから、この作者は、モグラのことも無視してる。自分と自分のお仲間だけを相手にした文章を書いてる。センセイは、そういう文章はイケないと思うんです。
それにひきかえ、「さ」さんの文章は、奥深い。

「我等大地の子　九十歳　さ……」

ちなみに、この文章には、絵がセットとしてついています。「さ」さん本人が描いた、カボチャ、ニンジン、タマネギ、ピーマン、ナスの絵です。これなら、**字が読めない動物だってなんとなくわかる**。「さ」さんは、そこまで考えて書いた……のかどうかはわからないが、薄々感付いていたのではないか。

「天　九十歳　さ……」

もう一字しかない。「天」ですよ。あとは年齢と名前（途中まで）だけ。これぐらいなら、間違いなく、三十分しか生きられない一時間ユスリカにもわかるんじゃないでしょうか。自分が飛んでる場所が「天」だという知能ぐらいならあるのではないか。ほんとうに親切な作者だと思います。文章を書くものは、みんな、このように心がけたいものですよ。

ここまで来れば、「究極」だと思うでしょう？　甘いですね。この作者は、そんな凡俗な我々の予想を遥かに超えているんです。

「九十歳　さ……」

最初、わたしは、この「さ」さんが、文章を書き忘れたのだと思いました。あるいは、書く前に死んじゃったのかと。どうもちがうみたいなんです。だって、これもまた、絵は描いてある。柿みたいなものの絵です。「柿みたい」とわたしはいいました。確かに「柿」に見えないことはない。丸くて柿色をしているから。それにしてはあまりに下手すぎる。

いや、上手とか下手とか、そんな段階をもう、「さ」さんは超えてしまった。それは、「柿みたいなもの」が「枝みたいなもの」に「突き刺さっているみたい」な絵なんです。そんなもの自然には絶対存在しませんよ。しかし、これを、一時間ユスリカ（こいつばかりですいません）が見たらどう思うだろうか。**「死ぬ前にこれを見て幸せだった」**と思うんじゃないだろうか。

さて、何の話をしていたんだっけ？　誰か覚えてますか？

「この文章を書いた動物は何なのか？　っていうんじゃないですか？」

そうでした。我々の手元にあるのは文章だけ。ふつう、文章を見たら、それを読む。その意味を知ろうとする。それなら誰だってできます。もっと想像力を要することをやってみよう。わたしはそう思ったのです。とりあえずわかっているのは**九十歳以上生きる動物**だということ。まず、長生きといえば**カメ**ですね。一般には、カメの寿命は五十年ぐらいだといわれています。しかし、センセイが調べたところ、飼育記録としては**アルダブラゾウガメの二百五十年**が最高です。二百五十年ねえ……。しかし、カメだとすると、次の文章の意味がわからない。

「静かに咲く喜び　八十三歳　さ……」

これを読むと、どう考えても、作者は動物ではなく**植物系の何か**のような気がするのだが。どうでしょう。該当者として、**ハオリムシ（チューブワーム）**が浮上してくる。深海の熱水噴出孔に生息しているチューブみたいなやつです。名前は「ムシ」なんだが、こいつ口も胃腸も肛門もないのである。何が楽しくて生きているのやら。体内に共生している硫黄《いおう》化細菌が作りだす栄養で生きているのだが、平均で百七十年、中には二百五十年も生きるやつもいるらしい。確かに、深海で密集してゆらゆら揺れている姿を見れば、こいつなら「仲良き事は美しき哉」ぐらいいうかもしれない。そんな気もしてくる。

しかし、「静かに」ということばが曲者《くせもの》です。いま、わたしは「咲く」ということばにこだわって植物系の生きものではないかと想像してみたが、ちがうかもしれない。「静かに」ということは、ほとんど動かない、ということでしょう？　ほとんど動かないけれど、長生きな動物？　貝類とか？　ところで、**ムラサキウニの寿命が二百年以上**だって知ってました？　鮨《すし》ネタのくせに、それを食べる人間より長生きなんですよ！　くそ、今度、回転鮨に行ったらウニばかり食ってやる。待てよ。もっと長生きの貝がいる。なんと**ハマグリ**なんです。二〇〇七年にイギリスの海洋学者が見つけたハマグリの推定年齢は**四百五歳から四百十歳**……。
「私は貝になりたい」というのはフランキー堺の名台詞だが、そんなに長生きなら、わたしだって貝になりたい……いや、やっぱり無理だ、あんな地味な暮らし。ずっと砂の中に潜りこんで水管だけを水中に出して、海水を漉《こ》して生きてゆく。**四百年も！**　ｉＰａｄやニンテンドー３ＤＳでも使えるならいいけど、何もなし！　そんな生活をするぐらいなら、一時間ユスリカの方がまだましじゃないか……。

「君も美しい、僕も美しい僕も美しい、君も美しい美しいものだらけの世界」

これも、さっきから引用している「さ」さんの文章だ。ただ呆れるだけではいけない。ここにもやはり何かがあるはずだ。だが、いったい何だろう？　もちろん、自分を臆面《おくめん》もなく「美しい」というなんて、どういう神経をしているんだろう、という疑問が湧くのも無理はない。しかし、この文章は、そういう「臆面のなさ」なんか遥かに超えちゃってます。よく読んで見ると、「君」と「僕」の区別がないようなのだ。この状態を式に書いてみると、**君＝僕＝美しい**、となって、そのような「君」と「僕」が世界中が充《み》たされている、ということらしい。そんな生きものが、この世に存在するだろうか。しかも、長生きだっていうし。もちろん、わたしは調べました。「文章」に関することなら、わたしは何でもしたいと思っている。

はっきりいいましょう。**これを書いたのはベニクラゲです**。ベニクラゲはふわふわした透明なゼリーみたいなからだの真ん中に、なにかファンタスティックな赤い中心核みたいなものを持った生きものです。そのからだからは、何百本も、細い毛みたいな脚が生えていて、それが海の中でゆらゆらしているところは**かなりビューティフル**。おまけにですよ、あらゆる生きものの中でももっとも長生きなんですから。寿命がどのくらいか知ってますか？

「わかりません。千年ぐらい？」

ちがいます。もっとずっと長生きです。

「五千年？　まさかね」

もっとです。

「一万年？」

五億年。

「ウソだあ！」

ウソじゃありません。ベニクラゲは有性生殖です。ふつうのクラゲは有性生殖の後、死んでしまう。しかし、ベニクラゲは、老衰《ろうすい》するとまた小さくなって、前段階の幼生のポリープに戻り、それから再び成長して有性生殖を行い、また小さくなってポリープに戻り、成長して有性生殖を行い、また小さくなってポリープに戻る……。ベニクラゲは、**永遠の、閉じることのないループの中で生きている**のです。だから、ベニクラゲの中には、ベニクラゲという種《しゅ》が誕生して以来死んでいない「個体」があって、そいつは五億年は生きていると考えられている。しかし……しかし、**五億年も生きている、ってどんな感じ**なんだろう。どのあたりから記憶があるんでしょうか。一日一行ずつ小説を書いていても、３６０×５００００００００行って……どんだけ長いんだよ……仮に書いていたとして、何を書いたか覚えてるわけないよね……繰り返し、赤ん坊に戻るんだから、ぜんぶ忘れてしまうんだろうか……とにかく、自分と他人の区別なんかないにちがいない……というか、生まれ変わる前の自分と生まれ変わった後の自分の区別なんかもないのかも……当然、文章を書いているという自覚だってないんじゃないか……いいなあ、ベニクラゲ……。

文章教室 3

お元気ですか？　わたしが文章教室を辞めて三年の月日が流れました。「月日が流れる」……変なことばだ、これは、ほんとうはどんな意味なんだろう……気にしないでください。最近、ことばに過敏《かびん》なんです……いや、あの頃からかもしれないけど。みなさん、きちんと勉強を続けておられるでしょうか？　心配はしておりませんが。サルさんは、きっと立派な文章を書いておられるでしょう。ヤギさんは、もう衝動的に、自分の文章を読んでいていきなりその原稿用紙を食べたりはしなくなったでしょうか。クマさんは……キーボードを壊したりしてないでしょうか。タッチパネルはやめておいた方がいいと思います。

わたしは大丈夫です。確かに、あの頃はどうかしていました。申し訳ない。あなたたちの、文章に、あれこれいちゃもんをつけすぎた。反省してます。そんなことは、どうでもよかった。そんなことよりずっと大切なことがあるんだ。いまになってわかるんです。いまなら、きっと、あなたたちの力になれたのに……。

まあ、いいでしょう。愚痴《ぐち》をこぼすことはない。あなたたちのことは、いまでも気にかけています。力になりたいと思っています。いや、というか、わたしはいまでも、あなたたちの力になれるよう努力しているのです。

ここはたいへん居心地がいい。なにもかもがすっきりしています。正直にいって、最初のうち、わたしはたいへん混乱していました。だって、無理やり……暴力的といってもいい……わたしは抵抗したんですから……わたしは、ここへ連れて来られた。意味がわからない。わたしは「弁護士を呼べ！」といいました。それから「家族を呼んでくれ！」とも。まあ、すぐに、わたしには家族がいないことを思い出したんですが。

わたしが病気などではないことは明白です。認知症やさまざまな脳疾患の類《たぐい》ではないことも、はっきりしている。「お名前は？」「年齢は？」「住所は？」「職業は？」、ここの連中はうるさくわたしに訊ねました。「ドストエフスキーは偉大な作家だと思いますか？」とか。わたしを何者だと思っているのでしょう。わたしは「文章教室の教師」です。それ以外の何だというのか。

……わたしは、どうやら「陰謀」のようなものに巻きこまれているらしいのです。いったい、誰が、何のために？　わたしにも、はっきりしたことはわかりません。だが、一つだけ、いえることがある。わたしは、やりすぎてしまったのです。そして、その結果、犯《おか》してはいけないところを、侵犯してしまった。気をつけてください。わたしと文通しているあなたにも、危険が及ぶ可能性があります。ほんとうに、くれぐれも気をつけてください……。

もちろん、このまま、やられっぱなしになるわけにはいかない。そうだ。この手紙を、盗み見しているやつらも知るがいい。はっきりいおう。わたしには覚悟がある。打ちひしがれて、ソファに座りこんで、テレビを見るだけの人間になるつもりはない。そうです。なにしろ、わたしは「文章教室の教師」だったんですからね。

いま、わたしは、ある一つの大きな仕事に取り組んでいます。残念ながら、これを止めることはやつらにもできない。胸を張って堂々と実行できる**プロジェクト**です。やつらは驚いたことでしょう。まさか、わたしに、そんな力が残っているなんて、思ってもいないにちがいありません。

わたしがあなたに手紙を書いたのは、あなたに協力をお願いするためです。実のところ、この**プロジェクト**を誰が始めて、どのような者たちが関わっているのか、その詳細は、わたしも知りません。しかし、それは当然のことです。だってですよ、これほどまでに重大な**プロジェクト**があったでしょうか！　これほどまでに壮大で、世界を震撼《しんかん》させるにちがいない試みが考えつかれたことがあったでしょうか！　ないに決まってる！

わたしは決めているのです。どんなに妨害があっても、わたしはやり抜くつもりです。

わたしは、あることで……詳しくお知らせすることはできませんが……この**プロジェクト**の存在を知りました。ひとことでいうなら……そんなことは不可能なのですが……これは、一つの大きな「辞書」を作る試みだ、といってそれほど間違いではないと思います。しかし、この「辞書」には、いささかやっかいな問題がありま す。この「辞書」に書かれているのは**「世界の秘密」**だからです！　ほらね！　困るやつがいる理由がわかるでしょ！　**「秘密」**を知られて困るやつは、どこにでもいるんですからね。

わたしがここに幽閉されたのは、もちろん、わたしがこの**プロジェクト**に参加しているからです。それ以外に理由は考えられない。いきなりわたしをこんなところに押しこんで、息の根を止めたつもりなんです。ハッハッハッ！　確かに、やつらには力がある。なんの落ち度もない者を、いきなりここに連れて来て、二度と出さないことだってできる。しかし、やつらも、わたしにだって最低限の権利があることだけは否定できない。

わたしはパニックになることも、自暴自棄《じぼうじき》に陥ることもありませんでした。わたしが最初にしたのは、周りを見回すことでした。すると……なんということだ、「資料」はいくらでもあるじゃありませんか。なんて愚かなやつらなんだ。わたしをあっさり殺せばよかったのだ。なのに、法令や慣習を重んじて、ここに閉じこめておけば充分だと思ったんです。「隙あり！」ですよ。

わたしは、毎日、様々な資料を読んで、その中から、もっとも適当な例を見つけます。それにはコツがあります。最初のうちは、正直、難しかった。頭をひねってばかりいました。常識が邪魔をしていたのです。あるいは、文字面《もじづら》ばかり追っていたといってもいいでしょう。「文章教室の教師」にあるまじき失態です。そのことばの奥にあるもの、そのことばが真に隠しているもの、それを見つけようとして血《ち》眼《まなこ》になっていました。そして、真剣にやればやるほど、どれが該当することばなのか、わからなくなっていました。

ある日、わたしは突然気づいたのです。これはどれも**「巧妙に書かれた暗号」**なのではないか、と。だって、そうでしょう。ことばというものは、そもそも、「あらゆる者たち」に向かってではなく、特定の「誰か」に向かって書かれたものです。時には、その「誰か」との通信は、他の「誰か」にとって迷惑なものなのかもしれない。だとするなら、そんなに簡単に見つかるように書かれているはずがない。そうなのです。これはわたしが、あなたたちに向かっていっていたことでした。まず、文章を、あるいは、ことばを眺めてみるべきなのです。なにも考えずに。もしそれが、あなたたちに向かって書かれているのでなければ、あなたたちはなにも感じないでしょう。けれども、もし、あなたたちに書かれているものだとしたら、やがて、そのほんとうの意味が浮かびあがってくるはずなのだ、と。

もう、あなたたちはおわかりのことと思いますが、わたしがここでやっているのは、ある意味で、**「辞書の編纂《へんさん》」**です。ある意味で、というのは、ほんとうに**「辞書の編纂」**に従事しておられるのは、別の方々だからです。わたしは、その方々の下働きにすぎない、ということもできます。しかし、わたしのような奉仕者がいないと、このプロジェクトは成り立たないのです。

さて、ここでのわたしの「仕事」についてお話しいたしましょう。といっても、複雑なことはなにもありません。「資料」は誰にでも手に入るものばかりです。いや、あらゆる文章、あらゆる文書、およそことばによって表現されたもので、関係のないものはありません。とはいえ、そのうちどれが目指すべきものなのか、それを見つけ出すには、たいへんな困難が待ち受けていることはいうまでもありません。どうやって？　あなたたちは、そうおっしゃりたいのでしょう？　ここにいる連中、わたしを見張って、わたしの仕事を妨害しようとしている連中も、よく、そのことを訊ねます。いったい、どういう基準で、ことばを選ぶんですか？ってね。

それは、学校では教えてくれません。本にも書いてありません。それは、自分で摑みとるしかない能力なのです。ただひたすら、本を読む。ことばの海に漂《ただよ》う文字を気の遠くなるような時間をかけて読む。**真心をこめて**、です。

お笑いになりましたね？

わたしが、あなたたちに教えていたのもそのことでした。あなたたちの目の前にあるそれ、そのことば、そこに、すべてが埋もれている。それは知らなきゃならない。ただ読むだけじゃダメだ。**そこには隠されたものがある**のです。

いや、確かに、そうではないものも混じっています。というか、そうではないもの、ただ書かれているもの、そのことばの表面的な意味以上のなにも含んでいないもの、そういうものもたくさんある。だからこそ、あなたたちは注意しなきゃならない。

そうやって読んでいくと、ある日、突然、あなたたちは、というか、わたしたちは気づくのです。そこにある、それが、なにを意味しているのかを。

象《かたち》のみ筑紫の国をさまよひぬ心は君に置きて来ぬれば　　吉井勇

深夜、歌集を読んでいたときのことです。わたしは、この歌に出合いました。ピンと来ましたね。ここにはなにかがある。なにか**重大な秘密**が隠されているのだと。解説を読むとこんなことが書いてあった。

「『象』は『目に見えるかたち・外にあらわれたすがた』のこと。目に見えない部分・内側の自分は、恋しい人のところへ置いてきてしまった。旅をしているのは、心の入れ物である体だけだ……。

恋愛中の旅の気分が、とてもよく出ているなあと思う。恋をしているときに旅をすると、必ずこの歌を思い出す。絵葉書を書いては彼を思い、おみやげを選んでは彼を思い、結局どんな風景も、彼に報告する目で見ている自分に気づく」

ハハハッ。子どもだましです。馬鹿馬鹿しい。「象」を「かたち」とわざわざ読ませて、ぬけぬけと、「目に見えるかたち・外にあらわれたすがた」という意味だといっている。苦しい言い訳です。洗脳といってもいいですね。これはもともと、「**象ノミ**、筑紫の国をさまよひぬ心は君に置きて来ぬれば」だったのです。わかりやすい盗作の例といってもいい。こうやって、人間どもは、わたしたちから「ことば」を奪っていったんです。まったくなんてやつらだ。

象とノミが筑紫の国をさまよった。そう書いてある。素直に読めばいいだけです。なのに、無理矢理、「象」を「かたち」と読ませようとする。ひどい話です。この

「吉井勇」というやつが、どんな人間かは知らないが、腹黒い男であることは間違いないでしょう。

これはもちろん、象とノミの間の悲恋を詠んだ作品です。なに？　わけがわからない。まあ、そういいたくなるのも無理はないかもしれない。「常識」に惑《まど》わされて、いや、人間たちが流すデマにすっかりだまされているんですよ。

象とノミ、これを見て、わたしにはすぐわかりました。どちらもサーカスの一員です。象の方はおわかりでしょう？　ノミのサーカスは最近では廃《すた》れてしまった。昔は、どこででも見ることができた。紙で作った服を着せたり、ちっちゃなローラーを引っ張らせたり。ノミは人気者だった。サーカスの花形だったんです。なにしろ、自分の体重の数百倍もの重さのものを引くことができるんですからね。そうです。象もノミも、サーカスの「力持ち」として欠かせない存在だった。それ故に、陰口も多かった。「あいつら、力だけじゃないか」とか「なんの技術もない、木偶《でく》の坊《ぼう》さ」とか、「引っ張るだけなら、車だってできる」とか。そういうやつはどこにでもいる。ただ引っ張るだけ？　彼らは、仕事として引っ張っていたんだ。趣味じゃない。ただ黙って、力を入れ、ゆっくり引っ張ってゆく。それがどうした。もっと面白いものはないのか。そういう目で象やノミを見る。というか、ノミの場合はひどく小さいので、近づかなきゃ、なにが起こっているのか皆目見当がつかないわけですが。

そうやって、サーカスの中で、見かけはもっともかけ離れているふたつの生きものが、お互いに、仕事を通して、徐々に惹かれていったのです。人間とちがって、象やノミは容姿なんか気にしない。もっと高等な生きものなんだ！

かくして、ある日……たぶん福岡で公演があったんでしょう……象とノミは脱走したんです。自由を求めて。それが、この歌の前半部分です。人間なら、そこで終わってしまう。自由だ、万歳！　とか。象やノミはちがいます。もっと高等なんです。もっと複雑な魂を持っていたんです。思うに、これはオスの象とメスのノミではないか。だいたい、サーカスで荷物を引っ張るのは、象ならオスですよ。まあ、メスも引っ張りますけど。でも、ノミはメスと決まってる。なぜかっていうと、メスの方が遥かに大きいからです。現場を知っているオスの象とメスのノミが手に手を取って……手は取れないけど……サーカスを出ていった後の、残されたメスの象とオスのノミの気持ちを考えてください。針のムシロです。「ほんとに、どうしようもないな、お前たちは」「この役立たず！」そんな視線に耐えなきゃならない。そのことで出奔《しゅっぽん》したカップルもよく知っている。去るも地獄、残るも地獄、とはこのことです。そんなとき、この歌ができた。おそらく、オスの象とメスのノミの共作ではないか、とわたしは睨《にら》んでいるのです。

おわかりですね？

わたしには、真実を伝える義務がある。ことばの中に秘められた真実を、どうしても伝えなければならない。だから、わたしは、この歌を、**「ノミ」ということばの用語例**として、「辞書」を「編纂」している方々に送ったというわけです。まあ、**「象」ということばの使用例**でもかまわないんですが。

交合は知りゐたれどもかくばかり恋しきはしらずと魚玄機言ひき　上田三四二

これもわたしが発見した歌です。実はずっと以前から怪しいと思っていたのです。いかにも胡散臭《うさんくさ》そうな歌ではありませんか。これも「解説」とやらを引用してみましょう。

「魚玄機《ぎょげんき》とは、中国の唐代の女流詩人。詩の巧みさと美貌で知られていたという。李億という人の妾《めかけ》となったが、後に道教の寺院で道士（仏教における僧侶）となり、そこで出会った若者と恋に落ちた。が、彼と自分の侍女の仲を疑い、ついには侍女を殺してしまう。その結果、死刑となり一生を終えた。

その魚玄機の言葉――『セックスというものは知っていたけれど、こんなに人を恋しく思う気持ちは、かつて私は知らなかった』。交合という語の即物的な響きが、効果的だ。今までのは恋愛なんかじゃない、ただ肉体と肉体とが交わり合っていただけなのだ……そんな思いが、この一語からはにじむ。つまり、今初めて自分は、恋というものを味わっているのだ、と」

こんな「解説」にだまされちゃいけない。これが、やつら人間の手口なんです。他の生きもののことばを奪って、自分のものにしてきた人間の、汚いやり口です。人間どもに奪われたことばを取り戻さなきゃならないのだ。大丈夫です。わたしがなにをやろうとしているか、やつらもよく知っている。だから、わたしをここに閉じこめた。けれども、こうやって、ことばや文章から、やつらの犯罪を暴《あば》き出《だ》そうというわたしの企《くわだ》てを妨害することだけはできないのです。

「交合」は、なかなか人間が使わないことばです。なのに、わざと使っている。しかも、わざわざ、それを、「魚玄機」などという、どこの馬の骨かわからぬ人間のことばとして使っている。もちろん、「魚玄機」なんて人間は存在しません。最初にいっておかねばならないのは、最初に「交合」、すなわち、「セックス」したのは、魚だということです。こんな簡単なことにも気づかない読者が多い。ロサンゼルス郡立自然史博物館のジョン・ロング博士によると、「交合」つまり「セックス」をした確かな証拠が残っている最古の化石は、四億年前のデボン紀で、サメの一種ではないかということです。そもそも、顎《あご》というものは、オスのサメが「交合」中、メスのサメを抱えるために発達したのです。食欲より性欲だったのです。性器の原型は腹ビレだった、とロング博士はおっしゃっている。それからもっと重要なのは、サメはデボン紀からほとんど形態に変化がない、ということです。サメは、最初に「交合」をした生きものであり、同時に、その時の形のまま、変化をしなかったということでもあるのです。四億年間、ただ淡々と「交合」を繰り返してきたサメ……バカだと思うでしょう。だが、サメだってたいへんなんだ。だいたい、サメには**浮き袋がない**。だから、泳いでいないと溺れてしまう。サメはずっと泳いでいる。昼も夜も休みなく。元気だからじゃない！　**生きるために仕方なく泳いでるんだ！**

当然のことですが、「魚玄機」は**「魚元気」**もしくは**「元気魚」**のことでしょう。もちろん、それはサメをおいて他にありません。一部では、マグロだって、元気な魚じゃないか、あいつらもやっぱり泳いでないと沈むから、というやつもいます。そういうのを一知半解というのです。自分の知っている知識だけで、すべてを判断しようとする。ほんとのバカ者とは、そういうやつのことをいうんです。サメの鰓《えら》は構造上、自在には動かない。いや、動かせない。だから、能動的にブレーキをかけることができない。これが**「サメは急には止まれない」**という俗説を生んでいるわけです。いや、実際、直進は得意なんだけど、急転回とかは不得意ですからね。サメが「元気」といわれる理由は、そこにあるのです。

これで、あなたにもおわかりでしょう。この歌は最初から最後までサメによるサメのためのサメを歌ったものなのです。それを、どこかで見つけた人間が、自分に都合のいいように書き直した。もしかしたら、お人好し（人じゃないけど）のサメに、「共作にしませんか？　ギャラは半々で」とか都合のいいことをいって、著作権ごと奪ったのかもしれない。いいですか、サメは4億年前から「交合」をしていた。ずっとです。人間のように、せいぜい、何百万年なんてケチな単位じゃない。しかも、人間は、進化の途中で、体位を後背位から正常位という向かい合う形に変化させた。その結果、「交合」を**情緒的なもの**にさせていった。そりゃけっこうなことです。なのに、サメはずっと四億年前と同じ体位でやらざるをえなかった。なぜかって？　そりゃ、泳いでないと沈むからですよ。動いてないと死ぬからです！体位を変えるなんて**考える隙がなかった**からですよ！　だが、サメにだって脳はある。ちっちゃいし、その大半は小脳で、運動用にとってあるんですけど。四億年かけて、少しずつシワを増やしてきた。そして、ある日突然、「恋」のようなものを知ったのです。メスのサメと「交合」しながら。いや、もしかしたら、オスのサメと「交合」しているメスのサメの「脳裏」に浮かんだのかもしれない。「あれ……なんだろう……この感覚」。哺乳類ならたいてい知ってます。でも、サメにとっては画期的なものだった。もちろん、しょせん「のようなもの」に過ぎない。しかし、四億年、同じ体位で同じ「交合」を繰り返してきたサメにとっては、たいへんな事件だったんです。それを笑うことは誰にも許されない。ましてや、その「事件」を奪うような残酷なことは。

ところで、デボン紀からほとんど変わっていない生きものが他にもいることをご存じですか？　ゴキブリです。**サメとゴキブリ**。彼らはすごい。哺乳類の影も形もない頃から生きてる。というか、あの形のまま、ずっと生きてきた。彼らこそ真の「神」というべきではないのでしょうか。サメとゴキブリへの、人間たちの、不可解なほどの憎悪、それはおそらく、彼らこそが、この地球の真の主人公ではないか、という恐れに発している、とわたしは睨んでいます。簡単にいうと、人間は、サメとゴキブリが怖いのです。人間が作り出した贋《にせ》の「神」が、真実の到来によって、いつ駆逐《くちく》されるかわからない。だから、**「サメは人を食う」**などという悪意に満ちた噂を作り出したり、なにもしないゴキブリを目の敵にして追い回したりするのです。でも、時々、人間の中にも、そのことに気づく者も出てくる。わたしの知る限り、たいていは子どもですがね。「おひさまのかけら」という子どもの詩を集めたもの（だから、わたしはあるゆるところで、ことばを採集しているといったでしょう）に、こんな詩が載っています。

「ゴキブリ

小川晃（千葉・小3）

オレ
ゴキブリって　かっこいいと思う
黒くて
ピカピカ光って
立派で
それなのにみんなに嫌われて
スリッパとかで叩かれてさ
すっごく無念だよ
あいつって」

ほんとに無念だと思うのです。つい最近、地球に住み始めたばかりの新参者から、そんな仕打ちを受けるなんて。

確かに、この詩を書いた少年は、「なにか」を感じていたのです。それがなにかは、おそらく、この少年にははっきりとはわからなかったにしても。なぜ、人間に対してなにも危害となるようなことを加えないゴキブリを、おとなたちは、あれほどまでに狂ったように退治しようとするのか。ほとんど同じ種類にしか見えない、**同じようにピカピカ光っているクワガタムシやカブトムシ**はお金を出しても手に入れようとするのに、なぜ、ゴキブリには巨額の費用を投じて駆除しようとするのか。そんな疑問が渦巻いていたのではなかったか。けれども、おとなたちは、そのことについてはなにもいわないのです。おとなたちの世界では「ゴキブリって　かっこいいと思う」ということばは、いってはならないことばだったのです。

次の詩を読んでください。そして、わたしが、この詩を読んだ時の衝撃を想像してみてください。

「森羅万象

大西英恵（神奈川・中3）

森羅万象
人間の作った言葉
ボクも含まれているのかな
（ゴキブリの独り言）」

なんと恐ろしいほどに、真実に迫った詩でしょう。人間でも、人間社会のマインド・コントロールにまだ染まっていない少年なら、こうやって、世界の秘密にたどり着くことができるのです。「森羅万象　人間の作った言葉」……凄まじい洞察力で、大西さんは、世界とことばの関係をいい当てます。世界に存在するあらゆるもの、そしてあらゆることば。人間は世界を覆い尽くそうとしている。しかし、それに対して、一匹だけ、疑問を差し挟む存在がいた。それがゴキブリだった……。

わたしは、大西さんに警告したい。あなたは**身辺に気をつけた方がいい**。電車に乗るために駅に行ったら、**プラットフォームの端に立たないで**ください。突き落とされるかもしれない。**満員電車に乗ったら両手を上げていて**ください。いきなり

「キャー、痴漢です！」と叫ばれ、「それでもボクはやってない」といっても、誰も信じてくれず、社会から抹殺《まっさつ》されるかもしれない。えっ、女の子なの？　じゃあ、夜、帰宅する時、後ろからつけてくる男に気をつけてください。**あなたは狙われている**。「真実」を語る者は、いつも死を覚悟しなければならない。わたしが覚悟していることは、もう書きました。

「小鳥のこと　　宮下寿章（東京・小3）

小鳥はかわいい
ぼくは　たまあに
小鳥に話しかける
小鳥は首をかしげる
どうして神さまは
人間と小鳥が

しゃべれるように
しなかったのかなあ
たまあに
ぼくのうしろで　小鳥が
話しかけているような気がする」

きみのいう通りなんだよ！　「気がする」んじゃない、**ほんとに話しかけているんだよ、宮下くん！**　きみには聞こえているんだ。**小鳥さんのしゃべっていることばが！**　なのに、きみの頭の中に、おとなたちが送りこんだ「小鳥はしゃべれない」という偏見が、聞こえなくしているんだよ！　耳を澄まして！　生きものの声に、ことばに！　人間たちが、というか、おとなたちが奪ってしまった、生きものの声に！

「かぶとむし
斉木美里（埼玉・4歳）

すずむしみたいに
なかないけど
かぶとむしは
こころのなかで
どすこいって
いってるんだよ」

ほらね！　美里ちゃんには、聞こえているんだ！　どうしてだか、わかりますか？　4歳児だからだよ！　4歳児には、**かぶとむしの内心の声**まで聞こえるんだよ！

「ナメクジ

柳沢知花（茨城・5歳）

おーい　ナメクジ
なにかしゃべって
だれにもいわないから……」

ほらね！　ほらね！　ほらね！　わたしのいった通りだろ！　人間の中でも、子どもたちはわかってるんだ！　**あらゆる生きものがことばを持っていることを！**

そして、人間たちがそれを奪ってしまったから、生きものたちは、それ以上奪われぬよう、沈黙するようになったことを！　だが、いつまでも、このままでいいわけじゃない。人間どもの横暴をいつまでも許しておいていいわけがない。我々は、戦わなければならない。人間どもに奪われたことばを取り戻さなきゃならないのだ……。

ふう……申し訳ない。取り乱してしまいました。大丈夫です。もう落ち着きました。人間どもとの、ことばを巡る戦いは始まったばかりです。やつらの天下もいつまでも続くわけではありません。我々と共に戦う者の戦線は拡大しつつあります。我々の勝利は疑いえないでしょう。なぜなら、ことばは、真理と共に、真実と共にあるからです。わたしは、ここにいて、あらゆることばを渉猟《しょうりょう》しつつ、人間どもに奪われたことばを奪い返し続けるでしょう。それでは、また、連絡いたします……

いつか、文章教室で再会できることを祈っております……それでは……。

動物記

わたしの家族は動物を飼う習慣を持たない人たちだった。正確にいうなら、わたしの両親のそれぞれの実家では、如何《いか》なる種類の動物も飼ってはいなかった。犬も猫も小鳥も。また、わたしの知る限り、わたしの親戚の中に、やはり動物を飼育している人はいなかった。父の実家は軍人を輩出《はいしゅつ》し、母の実家は商家（オートバイや自動車を販売していた）で、およそ異なった気風の家だったが、動物の気配がないことは共通していた。

他の家、たとえば友だちの家に出かけると、そこには、たくさんの動物たちがいた。わたしはひどくうらやましかった。

だから、わたしはよく、母に（父はほとんど家にいなかった）、こういった。

「犬か猫、飼っていい？」

「ダメ」と母はいった。

「誰が世話をするのよ」

母は、最初から動物の世話をする気がなかった。なにかを育てるのに向いていなかったのだ。わたしはものごころがついた時（確か二歳だった）、そのことに気づいた。犬や猫の問題ではない。そもそも、人間を（自分の子どもであるにもかかわらず）世話することにも向いていなかった。

祖母（父の母）も同じ種類の人間だった。子どもを八人産んだが、育てたのは、乳母や女中で、祖母は、乳をやったことも、オムツを替えたこともなかった。叔母のひとりは、生まれたばかりの子どもを、養子に出したが、理由はもちろん、「育てることができない」からだった。

四歳の時、わたしは犬をひろった。どこにでもいるような駄犬だった。わたしは、飼ってくれるよう母に頼んだ（すでに書いたように父は常に不在であった）。予想に反して、母は「いいよ」といった。一度、動物を飼ってみようという気まぐれを起こしたからなのか、単に機嫌がよかったからなのか、あるいは、そんなことはどうでもいいことだと思っていたからなのか、わたしにはよくわからない。わたしは、その犬に「ポチ」という名前をつけた。犬を飼うとしたら、その犬は、「ポチ」という名前でなければならない、とわたしは思いこんでいた。四歳にして、わたしの脳は「社会」にすっかりおかされていたのだ。

ポチのエサは、ほぼ一度の例外もなく「煮干しをのせた残り物のご飯に味噌汁をかけたもの」だった。毎日、朝と晩、ずっと同じメニュー。それでも、ポチはほとんど残したことがなかった。

たまには他のものを食べたいと思わないのだろうか。子ども心に、わたしはそう思った。けれど、よく考えてみれば、わたしたち(わたしと弟)に対して母が作るものも大差はなかった。記憶に残っている限り、「牛肉をフライパンで焼いたもの」か「魚の煮つけ」が、母が「作る」食事だった。だとするなら、わたしや弟も、母にとっては「ポチ」と同じような存在だったのかもしれない。

何ヵ月かが過ぎて、ある朝、ポチがいないことに気づいたわたしは、家の外を捜した。家を出て工場の中をうろついていると(当時、わたしたち家族は、父が経営する鉄工所の中に小さな家を建てて住んでいた)、空のドラム缶の横にポチが横たわっていた。よく見ると、腹が小さく波うっているのが見えた。さらに近づいてみると、ひどくたばこ臭いにおいがした。わたしは、家に戻り、「ポチがたおれてる」といった。

その日は、なぜか、父が家にいた。父とわたしはポチのところに出かけた。父は、ポチのそばにかがみこむと「灰皿の水をなめたんだ」といった。「もうダメだ」。

それから、わたしと父はしばらく、ポチの横で、ポチが死んでゆくところを眺めていた。小犬の息が荒くなり、腹が大きく波うった。最初のうち、ポチの視線はわたしたちをとらえているようだったが、やがて、わたしたちではなく、別のものを見るようになった。あるいは、なにも見えていなかったのだろうか。

痙攣《けいれん》があって、小犬のからだが震えた。痙攣がいったん止《や》んで、口が二度、三度開いたり、閉まったりした。小犬の目には涙が浮かんでいたが、泣いたからではなく、生理的な理由からだったのかもしれない。

いま考えても不思議なのは、まだ幼かったわたしが、どんな感情を抱えて、その場にいたのかまるで覚えてはいないことだ。

恐怖で凍りついていたわけではなかった。ただ単に興味深かったわけでもなかった。

気がつくと、小犬は死んでいた。目は見開かれたままだった。瞳は黒く、生きている時と変わりないように見えた。

「死んだ」と父はいった。

それから、父とわたしは家に戻り、小さな箱（段ボールだったかもしれない）を持って元の場所に行き、小犬のからだを入れた。それから、父は、家の前の、ほんとうに小さな庭にスコップで穴を深く掘って、箱ごと埋めた。

「深く掘らないと、掘り出して食うやつがいるからな」


小犬に関して父が登場する記憶は、それだけだ。


それから半世紀ほど過ぎて、父が亡くなった。「お亡くなりになりました」と連絡を受けて、病院に急いだ。病院に着くと、父は目を開けたまま死んでいた。目を閉じようとしても、開いてしまうのだ、と弟がいった。

父は元々大きな体ではなかったが、亡くなる寸前には、すっかり縮んでいた。目を見開いた死体は、死んでいるようにも生きているようにも見え、妙な気持ちになった。

　まるで、あの時のポチみたいだ、とわたしは思った。それから、わたしは、なんとも表現のできない思いにとらわれた。うまくことばにすることができればいいのに、と思うが、あれから十年以上たったいまでも、やはりうまくことばにすることができない。そういう時、わたしは、わたしには作家の資格がないのではないか、と感じる。作家のふりをしているだけではないのか、と。

　その時、わたしは、たいしたことを考えていたわけではない。ささいなことだった。ほんの少しだけ違和を感じたのだ。ただ、それだけのことだったのだが。


　父が亡くなる何年か前に、父の弟が亡くなった。その直前、新宿の病院に入院していた父の弟を、父と一緒に見舞ったことがある。その時、父の弟はすでに意識がなく、たくさんの管に繋がれ、眠っているだけだった。

　病室で、父はわたしにいった。

「こうなったらお終いだな。あとは死ぬだけだ」

　この人が死んだら、父はどこからか箱を持って来てその中に入れ、この病院の近くの地面をスコップで掘って、埋めてしまうかもしれない、とわたしは思った。それが自然のことのように感じたのだ。

それから二日後、父の弟は亡くなった。父は葬儀に出たが、わたしは列席しなかった。だから、父がスコップで地面を掘る光景は見ていない。

飼っていた猫が子どもを産んだことがある。

産む直前、おそらく陣痛が始まっていた時、母猫の瞳は大きく黒く膨らんで見えた。死んだ小犬や父親の瞳にそっくりだ、と思った。

産むところは見ることができなかったが、胎盤《たいばん》を食べるところは見ることができた。母猫は、体と比較して大きすぎる胎盤を食べていた。口の端に血がこびりついているのが見えた。食べたいからではなく、本能の命ずるままにイヤイヤ食べているようだった。時々休むと、母猫はゲップをした。その傍らに生まれたばかりの子猫が三匹蠢《うごめ》いて、母猫の乳房を吸っていた。

母が末弟になる男の子を産んだのは、小犬を飼っていた頃ではないだろうか。妊娠していた記憶はなく、突然、産婆が家にやって来た記憶だけがある。「家に入るな」といわれ、わたしは、家の外にいた。しばらくして、産婆が出て来た。両腕の肘のあたりまで血だらけだった。六十年ほど前のことなのに、その光景は目に焼きついている。

「ナンザンだわ」と産婆がいった。もしかしたら、それをいったのは、別の誰かだったかもしれない。

「ナンザン」が「難産」のことだと知ったのはもっと後のことだった。なにが起こっているのか、幼いわたしにはわからなかった。けれども、それが、わたしの知っているなにか、母に関してわたしの知っているなにか、とは異なったものであることだけはわかった。母は「あちら側」にいた。それを「生きもの」の側とか「動物」の側とか、いってみたい気はするが、それでは正確ではないような気もする。

しばらくの間、わたしは、自分が「ニンシン」して「ナンザン」になったらどうしよう、という恐怖を抱いていた。それが根拠のない不安だとわかってからも「ナンザン」ということば、あるいはその周辺にあることばには、ずっとうっすらとした恐れを感じていたのだった。

「ナンザン」の末生まれた、三男になるべき弟は、二日後に死んだ。未熟児だったのだ。手伝いに来ていた、祖母（母の母）は、わたしに「あんたやトシジロウ（次男）よりずっと美男やったのにな」といった。

「ジュサブロウ」と名づけられた弟は、小さな箱（あれは「柩《ひつぎ》」と呼べるようなものだったのだろうか。わたしには、白い箱にしか見えなかった）に入れられた。弟の遺骸《いがい》の入った箱は、自転車の後部座席にくくりつけられて、火葬場に向かった。わたしは、鉄工所の前の道まで出て、その「箱」を見送った。

わたしは、なにか誤魔化《ごまか》されたような、みんなが寄ってたかってわたしの目をくらませようとしているような気がした。わたしが見たのは、肘まで血のこびりついた産婆の腕だけだった。なのに、弟が生まれて、すぐに死に、焼かれてしまったというのである。

わたしは、その「箱」を開けて、中を見たいと思ったが、それを口に出していうことはできなかった。

ほんとうにその「箱」の中に、「弟」は入っていたのだろうか。入っていたとして、わたしはなにか感じることができたのだろうか。

作家になってしばらくして、石神井公園の近くに住んでいた頃、よく、動物の死骸を見つけた。猫、犬、アヒル、鳩、等々である。元気に跳ね、そのまま干からびてしまった魚もよく見かけた。

動物の死骸を見つけると、わたしと（当時の）妻は、必ず、「箱」に入れ、公園のどこかに埋葬することにしていた。

「かわいそう」というのが妻の口癖だった。

わたしは、といえば、動物たちの死骸を見て、とりたてて感情を動かされることはなかった。だから、彼らを埋葬していたのは、妻との付き合いの上で必要だったからであり、それ以外の理由はなかった。

捨てられた子猫を見つけると、片端から保護し、近所の獣医のところに連れていって、雌なら不妊手術をし、雄なら去勢して飼い主を捜した。いちばん遠いところでは、札幌まで飛行機で連れていったことがある。

中には、明らかに死ぬ寸前の動物もいた。発見するのが遅かったのだ。それでも、一応、獣医のところに連れていった。

「無理ですよ」と獣医はいう。「手のほどこしようがない」

もちろん、わかっていた。生きている限りは、一晩でも、泊めてもらった。いつも連れてゆくので、安くしてくれたのだ。獣医のところで亡くなると、その後の処理を頼むことができた。公園に埋めずにすむのだった。


夏の夕方、妻が、公園の繁《しげ》みの中で座りこんでいる、アヒルの子どもを見つけた。ケガをしていて歩くことも動くこともできない。羽のつけねの傷は深く、ウジがはい回っていた。わたしたちは、家から箱を持って来た。ケーキの箱だ。適当な大きさのものがなかったのだ。ケーキの箱に、アヒルの子どもを移し、傷にこびりついているウジを手ではがした。水をやろうとしたが、飲む力も残っていなかった。

それから、わたしたちは、アヒルの子どもが亡くなるまで、ずっとその横にいた。

「わたしたち」という言い方は間違っているかもしれない。妻が離れないので、仕方なく、わたしもその場所に留まるしかなかったのだ。

アヒルの子どもが亡くなったのは明け方近かった。どこまで「生」で、どこからが「死」なのか、はっきりしないまま、アヒルの子どもは死んでいった。少し離れたところに、おそらく親であるらしい、大きなアヒルがいて、こちらの様子をずっとうかがっていた。アヒルにも感情があるのだろうか。あったとしても、人間にわかるようなものではないだろうが。

わたしはイヤイヤ付き添っていたわけではない。わたしは、見ていたかったような気がした。なにかが少しずつ死んでゆく様子を、だ。それを確かめてみたかったのかもしれない。「生」と「死」の間に「境界」のようなものがあって、それを通り抜けてゆく瞬間を見ることができるかもしれない。そんな浅はかな、メロドラマを見るような感情が、確かに、わたしの中にあった。けれども、いくら目を凝らしても、そんなものはどこにもないようだった。

小犬と弟を亡くした頃、つまり、わたしがまだ四歳か五歳の頃、わたしは、ザリガニを釣ることに熱中していた。ザリガニはいくらでも釣れた。工場の敷地の中にある小さな池に、まるで湧いてくるような夥《おびただ》しい数のザリガニがいた。最初は、網を池の中に突っこみ、適当にすくい上げる。すると、一匹か二匹、ザリガニが入っている。あとは、そのザリガニをエサにするのである。ただし、その釣ったザリガニをエサにするのはわたしの役割ではなかった。気持ち悪くて、わたしには剝くことができなかった。生きて、鋏《はさみ》を振り回しているザリガニの殻をそのまま剝くのは、工員の息子だったキムくんという男の子の仕事だった。キムくんは、わたしと同い年だったが、引き上げたザリガニの殻を軽々と剝いてくれるのだった。まず、鋏をむしりとる。抵抗して指を挟まれたらたいへんだからだ。それから、キムくんは、胸の部分と尻尾の部分の真ん中あたりで、ザリガニを引きちぎった。あとは、尻尾の部分の殻を剝がせばいいのである。キムくんによって分解されたザリガニは、バケツの中で鋏と胸部と殻になって、それでもしばらく、それぞれに動いていた。残りの尻尾の部分の肉を糸でくくって、枝の端につけ、池に投げこむ。それで終わりだ。糸につける時、ザリガニの「肉」はまだ少し動いていた。

「痛いのかなあ」とわたしがいうと、キムくんは「痛くないよ」といった。そして、池に放りこんだあと、「たぶん」と付け加えた。

一時間も釣っていると、ふたりが持って来たそれぞれのバケツは一杯になった。

わたしとキムくんは重たいバケツを抱えて、自分の家に戻った。母は、いつも「どうするのよ、そんなにたくさん釣ってきて」とわたしを叱った。わたしとしては、釣ることが目的で、それ以外のことはなにも考えてはいなかった。なので、わたしは、毎回、元の池へザリガニたちを戻すしかなかったのだ。

キムくんはちがった。

ある日、いつものようにザリガニ入りのバケツを持って家に戻る途中、わたしは「ザリガニどうしてるの?」とキムくんに訊ねた。キムくんは、やつらを池に戻してはいないようだった。

「食べるにきまってる!」キムくんは驚いたように答えた。驚いたのは、わたしの方だったのだが。

それから家に帰ると、

「食べる」とわたしは母にいった。

「なにを?」

「ザリガニ」

母は黙って、バケツ一杯のザリガニを大鍋で煮てくれた。一口食べて、わたしは、そのおかしな味（というかにおい）がする肉を吐き出した。その後、大量のザリガニ（の肉）は、ポチのところに運ばれたと思う。もちろん、ポチも食べなかった。

ザリガニ釣りはまだしばらく続いた。ただし、わたしは、バケツを家に運ぶことは止め、工場に持ってゆくようになった。ザリガニの新たな使用法を考え出したのだ。

最初に試みたのは、プレス機の下にザリガニを置くことだった。溶けた鉄の塊が冷えてきたところで、プレス機の下に置かれ、巨大なハンマーで成形されてゆく。そのハンマーは、その先に鉄塊があろうとなかろうと一定の速度で打ち下ろされるのだった。その合間に、わたしはザリガニを投げこむことにした（ザリガニを食用にしていたキムくんと、異なった道を歩むことになったわけである）。鉄塊を打ち砕くハンマーの一撃を食らうと、ザリガニは瞬時に消滅した。まるでおもしろくない。

次にわたしが試みたのは、ザリガニを工場内にあった様々な薬液に漬けてみることだった。塩酸が入った巨大なドラム缶は背が高く、幼いわたしには手が届かなかった。だから、わたしは、工場内のあちこちに、不用心に置かれた、用途のわからない液の入ったバケツの類に、次々とザリガニを入れていった。

中には、池の中にいる時とまるで変わらないバケツもあった。だが、時には、入れた瞬間に、煙とイヤなにおいを放出するものもあった。多かれ少なかれ、ほとんどのバケツの中で、ザリガニたちはすぐに動かなくなった。

だが、それもまたあまりおもしろいとはいえなかった。

最後に、わたしがたどり着いたのは、二千度の高温を発する溶鉱炉《ようこうろ》の中にザリガニを放りこむことだった。それはほんとうは溶鉱炉ではなく、成形するために鉄をいったん焼き上げる高炉だったが、正確にどう呼べばいいのか、わたしはいまだに知らないのである。

手の中で鋏を振り上げ、尻尾をくねらせていたザリガニを、わたしは「溶鉱炉」に投げこむ。そこでもまた瞬時に、ザリガニは動かなくなった。それから、数秒で赤くなり、やがて白熱したなにかに変わるのだった。それでも、一分かそこらの間は、ザリガニの「形」を保っていたが、それを過ぎると、そのザリガニの「形」をしたものは、自然に崩れていった。

一つが崩れると、わたしは、その次のザリガニを投げこんだ。それが崩れ落ちると、またその次を。そうやって、たぶん、一日に五十匹は、「溶鉱炉」に投げこんでいたのではないかと思う。

ある時、わたしが、いつものようにザリガニたちを投げこんでいると、キムくんがやって来た。キムくんは、わたしの横に座って、しばらく、わたしがザリガニたちを投げこむのを眺めていた。

「おもしろい?」キムくんが聞いた。

「まあね」わたしは答えた。

「ぼくも投げていい?」

「いいよ」

わたしの真似をしてキムくんもザリガニを溶鉱炉に放りこんだ。キムくんのザリガニも、わたしのザリガニと同じように、ほんの一瞬だけ鋏を振り上げ、そのままの形で動かなくなり、それから白熱して、崩れていった。

「そんなにおもしろくない」キムくんはいった。

「そう」わたしは答えた。

わたしがザリガニを溶鉱炉に投げこんでいることが工場長にばれ、それが社長であった父に伝えられることになった。わたしは「工場内立ち入り禁止」となった。それから、たぶん、すぐのことだったと思う。鉄板をつり上げていたワイヤが切れ、自由になった鉄板が「滑空」して、そばにいた工員をまっ二つに切り分けた、という話を聞いた。その話をしていたのは、工場に勤めているおばさんの誰かだった。

「二つになった上半身と下半身が、別々に動いていたんだって」

その「まっ二つに切り分け」られた工員は、キムくんの父親だった。けれども、そういうことは、よくあったのだ。その三ヵ月ほど前にも、わたしがザリガニをつぶしていたハンマーの下に頭を突っこみ自殺した工員がいた。

二十六か七の頃、死にそうだという友人Fのところへ出かけていった。

教えてくれたのは別の友人Oで、そいつの話では「Fは検診で癌が見つかったのだが、その時にはもうすっかり手遅れで、しばらく入院していたが、余命幾ばくもなくなって、いま家に戻っている」ということだった。

会いたくない、と思った。会って話すことなどなにもない。それでも、Oに無理矢理連れられて、わたしはFのところへ出かけた。

その日は、ひどく暑い日だった。少し歩くだけで、汗が噴き出た。わたしたちがFの住んでいる小さなマンションのドアの呼び鈴を鳴らすと、小さな女の子が出てきた。Fには、小学校に入る前の子どもがふたりいて、どちらも女の子だった。そして、意外なことに、すぐ本人も顔を出した。妊婦のように大きな腹をしていた。

「よう」とFはいった。

「元気?」とOが聞いた。

「まあまあ」とFが答えた。

だから、会いたくなかったのだ、とわたしは思った。こんな馬鹿馬鹿しい会話をしなきゃならないのだから。

わたしとOがFのところに滞在していたのは、ざっと三時間というところだろうか。わたしたちは、Fの妻が作ってくれた昼飯の素麵《そうめん》を全員で食べた。「会話」をしながら。

とても奇妙な三時間だった。あんな時間を過ごしたことは一度もなかった。

Fは、少し疲れた感じで、いまはちょっと具合が悪いんだが、秋になると良くなるんじゃないか、とおそらくは自分でも少しも信じてはいないことをしゃべっていた。いや、もしかしたら、少しは信じていたのかもしれない。それから、おしゃべりする子どもたちを叱ったり、それから、優しく、素麺を食べさせたりもしていた。

不思議なのは、Fが存在しないような気がすることだった。

「存在しないような気がする」か。もっとうまい言い方があるのだろうが、どうしても思いつかない。

Fの家を出たあと、Oもまた同じことをいった。

「あいつ、いるのに、いないみたいだったね」

そこには、わたしとOとFとFの妻とFの娘たち、合わせて六人の人間がいるはずだった。だが、なんだか五人しかいないような感じがしたのだ。

最初のうち、わたしは、Fをあまり見ないようにしていた。失礼だと思ったからだ。途中から、わたしは遠慮なく、Fを見つめるようになった。というのも、Fが、わたしやOを、それから彼の妻をも、まったく見ないようにしていることに気づいたからだ。

Fは子どもばかりを見ているようだった。あるいは、子どもの向こう側にあるものに見入っていたのかもしれない。

そこにいるのは、わたしの知っているFではなく、別の世界の別のことばを話す、別の「生きもの」だった。目の前にいるのに、一億キロも向こうにいるようだった。

わたしたちにFが見えないのではなく、Fには、わたしたちがもう見えないのかもしれない、とわたしは思った。

わたしたちとFは親しげに語り合う「ふり」をし、名残惜しそうな「ふり」をして、別れた。Fが亡くなったのは、わたしたちが彼の家を訪ねて、ちょうど十日後だった。


「ウサギを飼いたい」といい出したのは（さっきとはちがう）妻だった。

「きみには向いていないよ」とわたしはいった。

「でも、飼いたい」と妻は強硬に主張した。

結局、わたしたちはウサギを飼うことになった。妻もまた、わたしと同じように、なにかを育てるのには向かない人間だった。その前にも、幾種類かの動物を飼いたいといい出し、結局、みんなすぐに死なせてしまったのだった。

ウサギがやって来た。いまとなって、どんな名前をつけたのか、どういう種類のウサギだったのかも、わたしはよく覚えていない。色すら覚えていないのは、そのウサギが、廊下の突き当たりの、陽の差さないところに置かれたケージの中にずっといたからだ。ウサギは、いつも、薄暗がりの中にいて、静かにこちらを見ていた。数ヵ月で、妻はウサギの世話を放棄した。そんなことをしている余裕がなかったのだ。妻は自分自身の世話をすることで精一杯だった。

それから一年近く、ウサギの世話をすることが、わたしの役割になった。もう既に書いたように、わたしは、自分がなにかを育てるのに向いていないことをよく知っていた。だが、役割を演じることなら可能だった。

わたしが「世話」をするようになって最初の頃、ウサギを、二度か三度ケージの外に出したことがある。その度に、ウサギは興奮して、わたしを噛んだ。だから、わたしは、ウサギをケージの外に出すことを諦めた。それからは、ずっとウサギはケージの中に留まり続けることになった。

書斎のドアを開けると、廊下の突き当たりの暗がりにケージが見え、ぼんやりとウサギのシルエットが浮かぶような気がした。それはもちろん、気のせいで、わたしはなるたけ、ケージを見ないように努《つと》めた。

ウサギの世話は一週間に一度だった（エサはもう少し、頻繁《ひんぱん》に与えていたかもしれない。これも記憶にない）。脱臭剤やオゾン脱臭器を使ってはいたが、やはり糞尿のにおいはひどく、ケージを洗う必要があった（もしかしたら、一週間に一度というのは、わたしの良心が作り出した贋の記憶で、ほんとうはもっと間遠《まどお》だったかもしれない）。

ケージを洗っている間、ウサギは、もう一つの、別のケージに入っていた。

何ヵ月も、声をかけていないことに気づいたが、かけるべきことばがなかった。どうしても、ウサギを真っ直ぐ見つめることができなかった。ウサギは、わたしの方を見ていたのだろうか？

用事があって書斎に来た友人のひとりが、ケージを見て、驚いたようにいった。

「これって、虐待だろ」

虐待？　わたしが？　わたしは驚愕した。まったく思ってもいなかったことをいわれたと思ったからだ。けれども、すぐに、わたしは、彼の指摘がきわめて正しいようにも思った。

だが、なにも変わらなかった。わたしは、相変わらず、のろのろと、気が向いた時だけ、ケージの中からウサギを移動させ、ケージを洗い、エサを替え、水を足した。もちろん、ウサギからは目を逸《そ》らすようにして。

ウサギは鳴かなかったし、ほとんど動くこともなかった。時々、ウサギの横顔を、わたしは盗み見るようにした。真っ黒な、なにも映ってはいないような瞳があった。そして、わたしは目を伏せるのだった。

聞こえてくるのは、水飲み器をなめる音だけだった。ペットボトルのようなタンクの下に把手のようなものがあって、そこをなめると少しずつ水が出てくるのである。

カタカタカタカタカタカタカタ。

気がつくと、タンクが空になっていることが何度もあった。水を入れなきゃならない。そう思って、でも、タンクに水を入れるのは翌日になったりするのだった。

カタカタカタカタカタカタカタカタカタカタカタカタカタ。

時には一晩中、音がした。もう水がなくなったのだろうか。それとも、なにかわたしに伝えたいことがあるのだろうか。けれども、わたしは、音を無視した。知ったことか。たかがウサギじゃないか。

わたしが世話をするようになって、およそ一年後、ケージの中で、ウサギは死んでいた。もしかしたら、死んだのは、一日か二日前で、わたしはそのことにも気づいていなかったのかもしれない。わたしは、ウサギをBOSEのスピーカーの空き箱に入れ、近所の「動物供養」をしてくれる寺に運んだ。金を払い、箱を渡すと、わたしの義務は終わった。それからは、一度も寺に行ったことはない。肩の荷が下りた気がした。それから何年もたって、わたしは同じ気分を味わうことになった。母が亡くなった時である。

わたしが動物の世話をできないのは、彼らがなにを考えているのかわからないからなのかもしれない。動物の世話ができる人間は、彼らの考えや、なにを感じているのかがわかるのだろうか。わかったような気がするのだろうか。わからなくとも気にならないのだろうか。

動物に関して、わたしには書くべきことがまだあるような気がする。だが、もういい。なにを書いても、同じことの繰り返しになるだろう。

最後に一つだけ、動物に関して書いておきたいことがある。これだけ書けば十分だともいえるのだが。

還暦を過ぎて、自分の死について考えることが増えた。たとえば、どんな風に死んでゆきたいか、と。

家族に囲まれ、手を握られ、耳元で「おとうさん!」とか「いままでありがとう」と囁《ささや》かれる。それはたぶん悪くないことなのだろう。わたしもやってみたいことがある。感動的といえないこともない。でも、それは自分にふさわしい情景ではないような気がする。だいたい、それを決めるのは、わたしではない。わたしは死んでゆく身にすぎず、わたしの死に方を決めるのは、おそらく、残った人間の仕事なのだから。

ほんとうのところ、わたしは、ひとりで死んでゆきたい。その時には、暑さも寒さも感じられないかもしれないが、まだ感じられるとしたら、最期の場所は、それほど暑くも寒くもない、木陰が望ましい。家族は不要だ。周りに、人間は要らない。もう十分に人間には会った。そして、誰ひとり理解できなかったような気がするのである。

わたしの希望は、意識がとぎれる前に、一匹の動物が、なにか獣のような生きものが現れることだ。

その生きものが、わたしを見つめている。なにも映ってはいない、なにを考えているのかわからない、真っ黒な瞳で。それでいい。その生きものが、なにを考え、なにを感じているのか、わからないことは明白なのだから。

それは、わたしが動物たちを見ていた視線でもあるだろう。わたしが意識を失う前に、その生きものは立ち去るかもしれない。だとすると、わたしは、少しだけ寂しいと感じるかもしれない。けれど、最期を見届けてくれた、その生きものに感謝したいと思うだろう。もちろん、意識が残っていればだが。

わたしが一度も会ったことのない、父の兄にあたる人は、そんな風に死んだと聞いたことがある。軍人だったその人は、敗走する兵士たちの列から離れ、一本の樹の下に座り、「もう歩けない」と友人に告げた。「一緒に行こう」と腕を摑んだ友人に、その人は「もういい。おまえは行け」といった。一九四五年、フィリピン・ルソン島での出来事だった。その人が最期に、なにか生きものに出合えたかどうか、わたしには知ることができないのである。

【初出】

動物の謝肉祭　「文藝」二〇〇六年夏季号
家庭の事情　「文藝」二〇〇六年秋季号
そして、いつの日にか　「文藝」二〇〇七年春季号
宇宙戦争　「文藝」二〇〇七年夏季号
変　身　「文藝」二〇一二年春季号
文章教室　1　「文藝」二〇一二年秋季号
文章教室　2　「文藝」二〇一二年冬季号
文章教室　3　「文藝」二〇一三年春季号
動物記　「文藝」二〇一三年夏季号

高橋源一郎（たかはし・げんいちろう）

一九五一年広島県生まれ。作家、明治学院大学教授。八一年「さようなら、ギャングたち」でデビュー。八八年『優雅で感傷的な日本野球』で第1回三島由紀夫賞、二〇〇二年『日本文学盛衰史』で第13回伊藤整文学賞、〇六年『ミヤザワケンジ・グレーテストヒッツ』で第16回宮沢賢治賞、一二年『さよならクリストファー・ロビン』で第48回谷崎潤一郎賞を受賞。他の著書に『恋する原発』『「悪《あく》」と戦う』『銀河鉄道の彼方に』『「あの日」からぼくが考えている「正しさ」について』『一〇一年目の孤独』『デビュー作を書くための超「小説」教室』など多数。

動物記

二〇一五年 四 月二〇日 初版印刷
二〇一五年 四 月三〇日 初版発行

著者 高橋源一郎
装画 ちえちひろ
装幀 佐々木暁
発行者 小野寺優
発行所 株式会社河出書房新社
東京都渋谷区千駄ヶ谷二―三二―二
電話＝〇三―三四〇四―一二〇一［営業］
〇三―三四〇四―八六一一［編集］
http://www.kawade.co.jp/
組版 KAWADE DTP WORKS
印刷 株式会社亨有堂印刷所
製本 小泉製本株式会社

ISBN978-4-309-02373-1 Printed in Japan

河出書房新社
高橋源一郎の本

TAKAHASHI GENICHIRO

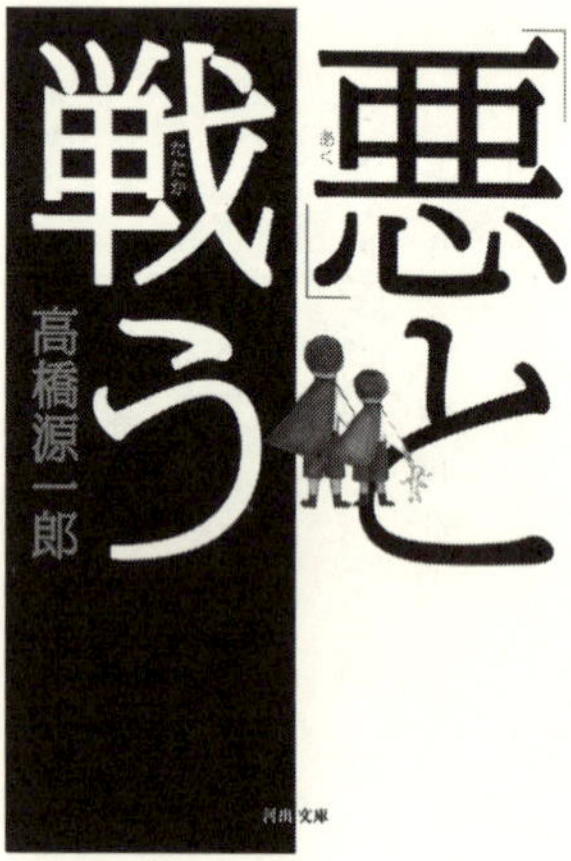

「悪《あく》」と戦う

ある夜、突如ランちゃんの前に現れた謎の少女・マホさん。彼女はランちゃんにある指令を出した。「『悪《あく》』から、弟のキイちゃんを救い出すのよ！」――「悪」とは、「世界」とは何なのか？　傑作長篇。(河出文庫)